COLLECTION FOLIO

Éric Yung

La tentation de l'ombre

Gallimard

Inspecteur de police à la 2e brigade territoriale puis à l'antigang de 1969 à 1978, Éric Yung a été ensuite journaliste (*Le Quotidien de Paris, Les Nouvelles littéraires, Le Matin de Paris, VSD*) avant d'intégrer Radio-France. Chroniqueur et producteur, il présente aujourd'hui sur France-Inter une émission consacrée à la littérature noire.

AVERTISSEMENT

Les affaires évoquées dans le présent ouvrage sont réelles, elles ont cependant été déplacées dans le temps et dans d'autres lieux, exception faite du chapitre XXIII. Les noms des protagonistes ont également été changés.

À mon père,

« Il faut savoir se perdre pour un temps si l'on veut apprendre quelque chose des êtres que nous ne sommes pas nous-mêmes. »

NIETZSCHE.

PROLOGUE

J'avais dix ans, peut-être onze ou douze. C'était un dimanche de province. Un jour vide et gris. Les rues étaient désertes. Il faisait froid. Le crachin pénétrait jusqu'aux os les passants qui avaient osé s'aventurer dehors. Penchés pour lutter contre le vent, ils marchaient vite. Par la fenêtre de la maison, je les regardais. Je ne les aimais pas ces inconnus de passage ; c'est sans doute pour cela qu'ils m'étaient indifférents. Je fixais seulement les façades de briques rouges toujours humides. Parfois, je levais les yeux. Le ciel était sale. Les nuages étaient compacts, sans formes, et ne laissaient filtrer qu'une lumière très blanche qui cognait les ardoises des toits. Ébloui par les reflets couleur d'acier, je clignai les paupières et revins au monde. Au mien. Celui de l'ennui.

C'est cet après-midi-là, que j'ai su.

J'ai fouillé dans le tiroir de l'armoire à glace, un meuble gigantesque placé, en biais, dans un coin de la chambre des parents. J'étais certain que les secrets, enfin ces choses que l'on cache aux enfants, étaient là. Il y avait plusieurs boîtes. Elles contenaient toutes des papiers officiels devenus, avec le temps, un fatras de souvenirs jaunis. Dans une enveloppe : le livret de famille. Il faut toujours vérifier par soi-même que l'on existe. J'ai tourné les pages jusqu'à la troisième, celle où figurent les actes de naissance. Il n'y avait que moi. J'étais donc là. J'étais seul et le suis resté. Mes prénom et nom étaient inscrits en tête du formulaire « d'ordre juridique intéressant la famille naturelle » *(sic)*. Il était aussi écrit « Né le 30 mars » suivi d'un nombre indiquant le milieu du siècle. C'était vrai ! Mais en marge de ce foutu livret je découvris que j'étais mort. « Enfant mort-né », avait noté le scribe de l'administration. J'étais troublé. De surcroît, le fonctionnaire avait barré de deux traits de plume cette inscription et ajouté, en marge, la mention : « Enfant mort-né. Rayé nul. Né le 30 mars ». Ainsi, j'étais né, puis mort et ressuscité. C'était officiel puisque marqué en lettres d'encre noire sur le livret de famille. Je me suis souvenu alors de l'histoire que racontaient mes parents. Venu au monde à vingt heures précises, les cloches du beffroi avaient sonné sept fois. Pour ma mère c'était un mauvais présage. Elle disait souvent que « dès le premier instant de ma vie, les choses avaient mal commencé ».

L'histoire était banale. À l'époque, la coutume voulait que le père se déplace à la mairie pour y déclarer la naissance de « ch'pio ». Le médecin et la sage-femme (elle s'appelait Mme Bienaimée) avaient, sur la foi de leur expérience professionnelle, dit, ensemble : « Il est mort. » Et puis, sur un papier blanc taché de sang, sous l'en-tête de ses nom, prénom, titre et adresse, le toubib l'avait écrit. C'était illisible mais cela avait suffi pour faire pleurer mon vieux. On comprend, dès lors, que l'employé de la mairie n'ait pas posé trop de questions. Il avait inscrit sur le grand registre des naissances ce que la loi lui prescrivait d'écrire : le nom du père, de la mère, le prénom du fils et la mention « Enfant mort-né ». C'est tout. Mon père était ensuite revenu auprès de sa femme. Mais lorsqu'il avait poussé la porte de la chambre... il avait entendu les pleurs d'un nouveau-né. Ma mort était une erreur. Il était retourné à la mairie avec dans la main un nouveau certificat prouvant que j'étais vivant. Et c'est ainsi que l'employé de mairie a dû faire des ratures sur le registre officiel des naissances. Il a barré « Enfant mort-né », mentionné « Rayé nul » et ajouté « Né le 30 mars ».

Ce départ dans la vie n'avait rien d'extraordinaire. Il s'inscrivait dans l'ordre des choses à venir. Ne faut-il pas un début et une fin pour faire une existence humaine ? J'étais né, j'étais mort mais toujours vivant. Je m'en tirais plutôt bien, mais j'ignorais que c'était le prologue de ma destinée.

Ma présence dans ce monde n'était que physique. Un état dont je ne doutais pas puisque les autres me voyaient, me rencontraient, me parlaient. J'existais mais je n'avais pas conscience d'être. J'ai toujours eu le vague sentiment de paraître. Du coup, je vagabondais dans la vie convaincu que je ne pouvais me construire une existence. Mes actes n'avaient donc pas d'importance. Je luttais contre l'ennui et la désespérance. C'était tout. J'agissais ou réagissais sans réfléchir au gré des difficultés. Durant mon enfance, mon adolescence, ces comportements n'eurent aucune conséquence. Bien plus tard, mon inconscience me conduisit, peu à peu, dans les embarras. J'étais en quête d'ennuis.

Maintenant, j'en avais.

Je suis incapable de dire quand a débuté cette histoire. Est-ce un certain mois d'octobre froid, lorsque j'ai franchi, pour la première fois, la porte du fameux « 36 » de la police judiciaire ? Ce n'est pas sûr. La flicaille n'est qu'une étape de mon existence. La vérité est sans doute ailleurs. Elle se cache parmi les chimères qui hantent — et qui ont toujours hanté — mon esprit.

Flic n'est pas un métier. C'est une activité pour désœuvré et je l'étais. Je me suis embarqué pour nulle part avec l'intention de me perdre. Au moins, j'avais un but. Je me souviens des premières découvertes du voyage. J'ai visité la mort, la pourriture et le vice. Le monde interdit était devant moi. Et puis je suis allé plus loin, pareil à un jeune explorateur qui méprise le danger. Je suis arrivé ainsi dans un pays noir et glacial. Là, habitait un peuple d'ombres et il m'a séduit. C'était une tribu de voleurs, d'assassins, de traîtres et de salauds. J'ai débarqué chez eux comme un ethnologue et, peu à peu, je me suis mis à les aimer. Ils étaient mes semblables. Ils sont devenus mes amis. Enfin, je l'ai cru. J'ai appris plus tard que les pourris n'étaient pas seulement chez les honnêtes gens. Mais c'était trop tard.

La prison, ça pue ! Les murs, la peinture, les lattes du parquet, les charpentes et les endroits les plus secrets du bâtiment sont imprégnés de misère. L'air est épais et gras. L'odeur est unique. Elle n'existe pas à l'extérieur, hormis peut-être dans les cercueils. Cette puanteur est un mélange de mauvaise cire, de sueur, de relents de bouffe froide et de pisse. De décomposition. Les bruits ne sont pas ordinaires. Une toux, un mot, une porte qui claque, un pas, ces sons ne ressemblent plus à ceux du dehors puisqu'ils ne peuvent pas s'échapper. Ils roulent, s'accélèrent, s'amplifient, rebondissent, se cognent contre les murs et éclatent.

À l'œil, la cellule n'avait pas de dimension. De toute façon, je n'avais pas l'esprit à faire de la géométrie. Elle suffisait pour pleurer. À droite, il y avait des chiottes, sans siège. À droite encore, fixée au mur, une planche peinte en blanc en guise de table. Le tabouret gris, à trois pieds, était scellé dans le ciment du sol ainsi que le lit métallique. La fenêtre à deux battants donnait sur un mur de briques rouges. Mais elle ne s'ouvrait pas. Et derrière les vitres, une grille protégeait cinq barreaux d'acier. Le maton m'a poussé. J'ai fait un pas. Je n'ai pas osé me retourner pour voir la porte se fermer. J'ai entendu un bruit de clés puis les claquements du mécanisme de la serrure. J'ai avancé jusqu'à la fenêtre. J'ai voulu regarder le ciel mais je ne l'ai qu'aperçu. Il était bas et gris.

Les jours ont passé.

Je vérifie sur le calendrier, pas de doute. Un... deux... trois... quatre et cinq. Cinq mois se sont écoulés. La cellule est la même. Je ne connais toujours pas sa dimension. Qu'importe ! Dans la journée, je parle à voix haute. Je ne dois pas rester muet. Il faut refuser la condition de prisonnier. Je dis n'importe quoi. Je prononce des chiffres, j'articule des mots. Je crie aussi. Mais les sons qui sortent de ma bouche s'éteignent tout de suite ou tombent dans le vide.

C'est horrible. Ma mémoire vacille déjà. Le monde extérieur perd son sens et les formes des choses se défont. Je me concentre, appelle mes souvenirs, mais rien n'y fait. Les rues et les routes, les maisons et les immeubles, les arbres, les fleurs et les femmes, les plages et la mer avec les vagues n'ont plus de relief. Toutes les images sont plates. Le lointain, avec sa notion de profondeur, n'est plus perceptible. Et puis, j'ai peur. Le bruit, le silence, la lumière et les ombres m'effraient. Surtout les ombres. Je les crains plus que tout. La journée, elles se cachent au cœur de la matière : métal, bois, ciment, pierre. Mais, lorsque l'après-midi s'achève, elles quittent les objets, les barreaux de fer, les pieds du tabouret, les maillons de la chasse d'eau et la planche de l'étagère. Je ne les vois pas se déplacer dans l'air. Elles apparaissent d'un coup sur les murs, sur le plafond, sur la porte épaisse de chêne, sur le sol. Elles sont partout les ombres ! Depuis des mois, j'ai appris à les reconnaître. La plus dangereuse d'entre elles, c'est l'ombre sortie d'un des trois pieds du tabouret. Elle se pétrifie sur le carrelage froid et s'étire pour devenir une lame grise. Elle pointe son extrémité qui ressemble à un pic à glace. La seule façon de lui échapper est de ne pas bouger. Je reste immobile sur le lit. Je ne la quitte pas des yeux. Elle attend que la fatigue alourdisse mes paupières. Je ne l'ai jamais surprise, mais je le sais. Durant mon sommeil, elle quitte le pied du tabouret et rampe jusqu'à moi, s'élève au-dessus de ma poitrine, la pique et s'enfonce dans mes chairs. La souffrance me réveille. Je me redresse d'un bond. L'ombre a repris sa place. Peu à peu, la nuit s'efface. L'aube a vaincu. Rien n'est perdu.

La prison est une basse-fosse. Ici, il n'y a que du passé. Je le prends ce foutu passé et le triture, le retourne dans tous les sens, le dissèque, l'examine, le recoud. Je dois pouvoir y retrouver quelques traces qui me permettraient, à défaut de retrouver le chemin, de comprendre pourquoi je l'ai emprunté. Mais le temps s'est figé et se confond avec des souvenirs putréfiés. Je ne peux échapper à cette réalité. Ma mémoire est un égout.

J'attends les ombres. Elles vont apparaître bientôt. Il est temps de préserver mes secrets : des mots désordonnés écrits sur les pages à carreaux d'un cahier jaune à spirale. Je le ferme et le cache sous le matelas. Maintenant, je me tiens prêt pour le dîner. C'est l'heure. Je reconnais le bruit du chariot de la soupe. La porte de la cellule s'ouvre mais rien n'est pareil aux autres jours. Le détenu, chargé de distribuer la pitance, ne verse pas le contenu de la louche dans mon bol. Excité, il est trop occupé à me chuchoter des mots qui n'ont pas de sens : « T'es libéré, t'es libéré. » Et, d'un coup tout se bouscule. Je ne sais pas, je ne sais plus. Est-ce vrai ? Je suis presque libre ? Le mot « presque » est sage, il me ramène à la réalité : je suis toujours enfermé. Mes pensées s'entrechoquent. J'emmène quoi avec moi ? Les livres, oui les livres que je me suis fait envoyer : Baudelaire, Rousseau, Malraux. Mon cahier, les lettres aussi. Je laisse la bouteille Thermos, le transistor, les cigarettes et le tabac pour ceux qui restent. Moi, je n'ai plus besoin de rien puisque je suis libre. Mais si c'était une erreur ! Le taulard a peut-être mal lu la liste des libérations. Je dois raisonner. Rester calme. Répéter les gestes des autres jours. Qu'est-ce que je fais d'habitude ? Je lave mon bol. Mais je n'ai pas mangé et il est propre. Je le range. Je fume. Ah oui ! Où est la pipe ? Le tabac ? Je tourne, vais et reviens de la fenêtre à la porte. Je supporte encore moins la cellule. J'entends des pas, des bruits de clés. Ils se rapprochent. À cette heure-ci, ce n'est pas normal, jamais les matons n'ouvrent une porte après la distribution des repas. Pourtant, je ne rêve pas. Les mécanismes de la serrure bougent. Je les entends ! La porte s'ouvre. Elle est ouverte. Le surveillant me dit : « Préparez vos affaires. Vous êtes libéré. »

Il est vingt-trois heures quarante et une minutes lorsque je quitte l'enceinte de la prison. Avant de faire le premier pas dans la rue, je secoue mes semelles. Je ne veux pas trimbaler de la poussière de taule sous mes chaussures.

La banlieue. Je suis dehors mais ne le réalise pas. Un débit de tabac est ouvert, des voitures passent, une femme s'agite dans une cabine téléphonique, un chauffeur de camion klaxonne un piéton sur l'avenue. Le brouhaha de la rue est resté ce qu'il était jadis. Tout est normal. Notre faculté de passer d'un monde à un autre, de laisser, sans cesse, derrière soi, ce qui était, il y a quelques instants encore, le pire, et d'aller vers un nouvel univers est étonnante. Je n'éprouve pas de sentiments particuliers, j'ai juste une pensée pour mes compagnons de misère restés à l'intérieur. Même cela va passer, j'en suis certain. Vivre est égoïste. J'ai déjà parcouru deux cents, peut-être trois cents mètres depuis ma sortie de prison. Je suis déjà ailleurs. Je déambule sur la route nationale avec pour bagages une valise dans la main gauche et un carton ficelé dans la droite. Ma gorge me fait mal, elle se durcit. Ma poitrine aussi. Mes yeux rougissent mais ne se mouillent pas. Je refuse de pleurer. La liberté se fête.

Mais être libre ne suffit plus. Je dois rester vivant.

Comment aurais-je pu imaginer que choisir le métier

de policier me conduirait en prison ? J'étais sans doute trop jeune à la fin des années soixante pour envisager une telle hypothèse. J'avais vingt et un ans lorsque, pour la première fois, j'avais glissé une arme sous mon aisselle.

CHAPITRE I

Ce matin-là, tout était simple. C'était le premier jour. Il y avait le bien et le mal. J'étais le bon qui allait chasser les méchants. Je partais au boulot. Étais-je, à ce moment-là, un homme ordinaire ? En apparence sans doute. J'étais debout, dans le wagon du métro. Rien ne me distinguait des autres voyageurs. Pourtant, sous ma veste, j'avais un gros revolver. J'éprouvais un sentiment de puissance et c'était la première fois. J'aurais dû me méfier de ce symptôme.

Je l'ignorais encore mais j'étais déjà malade. Je découvrirais plus tard qu'il s'agissait d'un mal pernicieux et indétectable conduisant à une sorte de suicide mental. La fréquentation des voyous, des putains, des escrocs, des vieux routiers de la police, de la mort et des abominations de la vie, transformerait bientôt ma vision du monde. Le quotidien policier rognerait mon esprit, effacerait peu à peu toutes les valeurs intellectuelles acquises dans les livres grâce à l'éducation de mes parents et de vieux instituteurs pétris d'humanisme.

Dans quelques instants, je serai à la brigade. Le « patron » me recevra. Il ne me dira rien. Il répétera les mots prononcés à chaque arrivée d'un nouveau fonctionnaire. Ensuite, j'irai rejoindre les autres et deviendrai un flic parmi les flics.

Je ne me suis pas trompé. Cela s'est passé ainsi. D'ailleurs tout était comme je l'avais imaginé. En quelques heures, je connaissais les habitudes des « collègues ». Il y avait le Breton. Son souci était de se rendre le plus souvent possible au *Cirque*, le bistrot d'à côté. La serveuse, une fille d'à peine vingt ans, aussi blonde que plate, avec de longues jambes, les tendons des chevilles creusés et tendus par des chaussures à hauts talons, était sa petite amie. Il y avait le Niçois qui répétait toujours que « chacun avait besoin de racines ». Né à Paris, fils et petit-fils de Parisiens, ses arrière-grands-parents passaient leurs vacances dans un hôtel situé sur la Promenade des Anglais. Ils étaient morts et enterrés à quelques pas de la baie des Anges. Depuis, tout le monde disait, pour lui faire plaisir, qu'il était du pays de Garibaldi. Enfin, il y avait Marcel. Il était né en Picardie, à Eu exactement. Il bégayait. Un défaut qui faisait la joie des poulets de la brigade qui, en toutes occasions, lui demandaient son lieu de naissance. Il était malin, un peu fourbe. Marcel était un homme dangereux. Il entretenait avec un indicateur des rapports trop complices pour être honnêtes. Marcel avait une femme, deux enfants, un gros ventre, deux appartements, une maison en baie de Somme et d'importants besoins. Il a fini sa carrière chez les

« bœux », l'Inspection générale des services, la police des polices !

Le Breton, le Niçois, Marcel et moi formions le groupe de voie publique de la brigade. Nous étions chargés d'infiltrer le milieu du grand banditisme. Nous dormions presque tout le jour. À l'heure de l'apéritif nous apparaissions dans nos quartiers : Pigalle, l'Opéra et la Villette. Prélude à une nuit sans sommeil. Moment où le règne des flics débute au royaume des zombies. Et c'est ainsi, en compagnie de mes deux acolytes et du chef Marcel, que j'ai été initié au métier.

Dans une rue qui conduit à Montmartre, en plein centre de Pigalle, nous avions un quartier général. Un endroit impossible à définir, à la fois bar, bordel, cercle de jeux, officine de recrutement de mercenaires, lieu de commerces interdits et siège social — clandestin — de l'association des détenus en cavale. L'établissement était tenu par une certaine Mme Martin. Elle prétendait s'appeler ainsi et personne ne l'a jamais démentie. Je ne savais pas grand-chose de cette femme aux formes rondes, toujours vêtue de robes aux couleurs discrètes et aux épaules couvertes d'un châle violet. Son visage aurait pu être dessiné et peint par Rubens. Ses traits étaient doux, sa peau très blanche et lisse. Elle ne parlait pas, elle chuchotait les mots. Selon la rumeur elle était l'épouse d'un homme d'affaires important. Elle était donc intouchable. J'en savais assez. Marcel me l'avait fait comprendre.

J'aimais aller seul chez Mme Martin. Le lieu m'apparaissait magique. Au plus profond de la nuit, je poussais la porte et la chaleur de l'appareil infrarouge tombait sur mes épaules. J'écartais le rideau de velours noir qui séparait le vestibule du bar et interdisait les regards extérieurs. On n'entrait pas dans l'établissement de Mme Martin. On y pénétrait. Mieux... on s'y glissait avec délicatesse comme un homme peut le faire, lorsque, en retard, il s'introduit, doucement, sous le drap du lit où dort sa maîtresse. Je ne voulais pas que l'harmonie du lieu fût brisée. Un geste vif, un pas trop assuré, une voix trop forte auraient pu provoquer le désordre. Et les hommes appuyés sur le rebord du zinc se seraient retournés. Leurs regards seraient devenus noirs. Les filles auraient ôté leurs mains des genoux des clients, se seraient levées des tables et auraient fui dans l'arrière-salle. La musique se serait arrêtée. La patronne, de sa chaise haut placée au coin gauche du comptoir, aurait appuyé sur le bouton électrique. D'un coup, les lumières rouges tamisées auraient disparu et celles des néons blancs auraient éclairé la pièce.

Depuis six mois, époque de ma première visite, j'avais appris tout cela. Je respectais le rituel de chez Mme Martin. C'était le seul endroit du genre. Je l'ai appris la nuit d'un réveillon de Noël. Il était presque quatre heures, le matin, Michèle, l'une des filles de la boîte, s'est assise près de moi sur le grand canapé de cuir écarlate, placé contre le mur juste au-dessous du vitrail éclairé par un tube au néon où étaient reproduits

Les Joueurs de cartes de Cézanne. Elle m'a pris le bras et a posé sa tête sur mon épaule. Elle est restée silencieuse plusieurs secondes. C'était sa façon de me dire : sois attentif, je vais te faire une confidence. Michèle a approché sa bouche de mon oreille et m'a demandé si j'avais déjà fumé de l'opium. Je l'ai regardée. Elle a souri. Mme Martin est venue. Elle nous a souhaité, à voix basse, une joyeuse fête et elle a hoché la tête en direction de l'arrière-salle. Je n'ai pas hésité. Cela peut paraître étrange mais je ne me suis posé aucune question. Ce que j'acceptais était-il bien ou mal ? Me suis-je seulement souvenu que j'étais flic et qu'une mère maquerelle venait de me convier à m'allonger, avec une pute, sur un sofa, pour fumer de l'opium ? Ai-je eu, si peu soit-il, le sentiment que l'offre de mes hôtes était un piège ? Non, rien de cela. J'étais fier de ne plus être un horsain. Cet acte, le premier, était dans l'ordre naturel des choses. Après tout, lorsque j'étais entré dans la police, n'avais-je pas franchi la porte qui délimite le monde des initiés de celui des profanes ? J'étais devenu flic comme d'autres deviennent marins. Les voyages ne sont que la conquête des mystères du monde et j'avais décidé de quitter le quai. C'est tout.

Il y a des matins qui favorisent l'observation. J'avais remarqué, depuis longtemps, que la fatigue exacerbe les sens. Je sortais de chez Mme Martin. À peine dehors, l'odeur de la ville m'a révélé ses secrets. Les vapeurs humides sorties du bitume indiquaient le passage récent des arroseuses municipales, les gouttelettes de fuel, suspendues dans l'air, m'apprenaient que le premier bus était passé, le parfum d'une eau de Cologne mélangé à celui d'un tabac blond était le signe qu'un employé était déjà arrivé à son bureau, les effluves de café attestaient que certains profitaient, sur le bord des zincs, des dernières minutes de liberté avant le travail. La journée avait commencé. Avant d'aller me coucher, je m'arrêtai au *Bastos*, un bistrot de la place Pigalle. C'était une habitude. Mais ce jour-là, je remarquai que tout, à cet endroit, était sphérique : les façades incurvées des immeubles encerclaient le rond-point qui, lui-même, supportait une fontaine faite de cercles superposés. Et des voitures tournaient autour de la place. J'observais ces formes. Je pensais à l'architecte qui avait conçu ce lieu. Savait-il, à l'instant où il avait tracé toutes ces lignes, qu'il inviterait les noctambules à un tour de manège en guise de dernière distraction avant de rentrer chez eux ?

Derrière les vitres de la terrasse, j'admirais le spectacle de la rue. J'étais un peu ailleurs et n'avais pas remarqué l'homme attablé à côté. Lorsque je l'ai vu, il était mort. Tout était allé très vite. Une voiture rouge était garée devant le bistrot. Un homme, grand, le col du manteau relevé, les cheveux cachés par un bonnet de laine bleue, était sorti avec une arme automatique. Il avait fait un pas et ouvert le feu sur l'inconnu assis à ma gauche. Les détonations étaient aiguës. J'avais entendu des cris et vu des gens courir sur le trottoir. Trois, quatre secondes peut-être et tout était fini. Il y avait du verre partout. Du sang avait éclaboussé ma tasse de café. Je serais bien incapable de décrire tout ce qui s'est passé. J'étais trop occupé à regarder le tueur, devant moi, immobile. Je remarquai la longue cicatrice qui naissait de l'arcade sourcilière gauche, descendait vers le menton et traversait sa joue. J'apprenais par cœur les traits de son visage. Il allait encore tirer, enfin, peut-être. Je crois que je lui ai souri. Après, je ne sais plus ! Je me souviens seulement de m'être levé, d'avoir regardé la poitrine du cadavre. Elle était déchirée par les balles. Je suis sorti sans émotion. J'étais dans la « grande maison » depuis moins d'un an et, déjà, j'avais assimilé l'indifférence aux autres. Je suis rentré chez moi et me suis endormi.

Le lendemain après-midi, j'ai regardé le livre de la main courante, ce grand cahier sur lequel les officiers de permanence notent les événements de la journée. Entre une intervention de police secours pour un différend familial et un constat de cambriolage était écrit, mal d'ailleurs, un nom sans importance. Une identité qui n'avait pas de sens puisqu'elle nommait un homme qui n'existait plus. Mohand Larbi était un garagiste connu des services de police. Il avait été abattu de sept balles de calibre neuf millimètres. Son corps avait été conduit à l'Institut médico-légal et la procédure judiciaire transmise à la brigade criminelle. Un dossier qui rejoindrait les archives du quai des Orfèvres sans même être passé par le bureau d'un juge. Tout le monde se fout des histoires de voyous. À chacun sa loi. Un honnête homme se fait descendre, c'est un meurtre. Un truand rejoint le royaume des carpes, c'est un règlement de comptes. Feu Mohand Larbi avait épaissi la pile des affaires classées.

CHAPITRE II

Marcel, le chef de groupe, parlait souvent de JB mais lorsqu'il prononçait ces deux lettres, il baissait la voix. La discrétion est une règle quand on parle d'un indicateur. Je savais que JB était une vieille connaissance de Marcel et qu'il appartenait au milieu. JB avait fait sa réputation de « balance » en indiquant à Marcel la planque d'un truand qualifié d'ennemi public numéro un. À l'époque, la presse s'était approprié l'histoire de ce voyou et ce, avec la complicité de la police judiciaire qui l'alimentait en anecdotes. Peu à peu, le truand, qui n'était qu'un rebelle — c'est ce que disaient les journaux —, devint l'homme qui défiait la société, puis le truand dangereux et enfin l'ennemi public numéro un qui mettait les policiers en « état de légitime défense permanente » comme le déclara, dans un quotidien du soir, le procureur général. Une définition qui fit force de loi. Deux jours plus tard, l'ennemi public numéro un n'en était plus un. Il avait été abattu au volant de sa voiture. Depuis, Marcel était reconnu par la haute hiérarchie ; son indicateur jouissait de la protection de l'administration et des petits services qu'elle peut procurer aux hommes de bonne volonté. JB avait investi dans la délation. Il donnait. La police rendait en passant sous silence ses méfaits. Et les affaires de JB prospéraient.

C'était un vendredi soir. Marcel avait rendez-vous avec JB dans un restaurant proche de Montparnasse, situé sur le boulevard Raspail, et m'avait demandé de l'accompagner. Pour la première fois, j'allais rencontrer l'informateur ! Je ne pensais plus qu'à ça. J'étais attiré par cet inconnu dont je connaissais l'histoire. Il était né en Algérie, y avait fait la guerre et avait tué quelques Arabes. Des actions pour lesquelles il avait été décoré par la République. Mais, à Marseille, à peine descendu du bateau, il avait donné un coup de couteau à un Marocain qui l'importunait. Il avait pris cinq ans et n'avait jamais compris pourquoi.

Je n'avais jamais vu un endroit pareil. La façade était couverte d'inox. L'entrée disparaissait dans l'ensemble uniforme des plaques de métal. Seul un œil averti pouvait distinguer le bouton de la sonnette électrique placée juste en dessous d'une discrète caméra vidéo. Marcel sonna trois fois et la porte s'ouvrit sur une grande pièce sans fenêtres. Les éclairages traçaient dans l'espace des rais de lumière froide dirigés sur des cadres fixés aux murs. Il y avait des photographies de femmes nues, des maquettes de vieilles automobiles et des répliques d'armes à feu. Les tables étaient recouvertes de tissu bleu. Derrière le comptoir, un crucifix taillé dans de l'ivoire était accroché entre les verres et les bouteilles d'alcool. Marcel traversa la pièce. Il salua le patron d'un clin d'œil et se rendit au premier étage.

Au fond, assis à une table ronde, JB nous attendait. Il se leva pour nous accueillir avec un grand sourire. Il embrassa Marcel et me tendit la main. JB était grand, il n'était pas loin du mètre quatre-vingt-dix. Il portait un costume d'alpaga noir et une chemise de soie de la même couleur. Son visage était un peu rond et ses yeux, très petits, étaient toujours agités. JB regardait à droite, à gauche, derrière lui. Il ne cessait pas de bouger. J'ai tout de suite remarqué la longue cicatrice qui traversait le côté gauche de son visage. JB était le tueur qui avait abattu l'homme assis à côté de moi au *Bastos*. Lui aussi m'avait reconnu. Nous avons parlé, mangé et bu toute la nuit. Il était presque cinq heures le matin lorsque nous nous sommes séparés. Avant de nous quitter, j'ai glissé dans la main de JB un morceau de papier. J'y avais inscrit mon numéro de téléphone personnel.

CHAPITRE III

Le temps a passé. J'étais devenu méfiant de tout et de tout le monde. Je me suis éloigné, progressivement, des rares amis que j'avais avant d'entrer dans la police. J'ai pris de la distance avec les membres de ma famille. Je me suis isolé, peu à peu, du monde que je qualifiais d'extérieur, celui des braves gens. D'ailleurs, je les avais oubliés ou plutôt, lorsque par hasard je les croisais, ils m'apparaissaient si lointains que je les pensais irréels.

La réalité c'était mon quotidien. Depuis des mois je pataugeais dans la fange sans m'en apercevoir. Chaque jour, j'écoutais les confessions des prostituées, des travestis ; j'entendais les histoires des voyous et des proxénètes ; je côtoyais des cadavres aux chairs noires et gonflées par le temps et l'oubli des hommes, ceux à la peau détrempée par les eaux de la Seine, ceux aux ventres et poitrines habités par les écrevisses des canaux parisiens, ceux aux gorges tranchées, ceux décapités ou ceux encore aux viscères éclatés par les balles. Et puis il y avait les autopsies.

J'assistais aux séances de découpage, d'arrachage, de décolletage. Le médecin légiste maniait la scie circulaire. Il ouvrait un crâne, sectionnait les muscles et tendons d'une articulation, plongeait les deux mains à l'intérieur d'un ventre et extrayait un foie, un bout d'intestin. Scènes en couleurs et aux effluves de merde. Je ne subissais pas. Maintenant, l'horreur, le mensonge et la trahison m'avaient apprivoisé. Beaucoup plus tard je les ai aimés.

Je voyais JB régulièrement. Nous nous rencontrions en fin d'après-midi, toujours dans le même endroit. C'était un bar-restaurant de la rue de Ponthieu, près des Champs-Élysées. Nous n'avons jamais évoqué l'assassinat de Mohand Larbi, dont j'avais été le témoin. Cela n'était pas nécessaire puisque nous savions l'un et l'autre. Mais JB était étonné que je n'exploite pas ce secret. C'était trop tôt et bien comme cela. Et puis, j'avais besoin de lui pour autre chose.

J'avais envie de pénétrer plus loin dans la cité interdite du crime. C'était devenu une obsession. La pulsion était née dès ma première rencontre avec JB. Pourquoi ? Je n'en avais aucune idée. Je savais seulement que je ne pouvais plus m'échapper. J'étais aspiré vers le monde des ombres, là où, sans doute, se cachaient les inavouables secrets du genre humain. Or, JB pouvait être mon guide. Je faisais donc tout pour lui faire oublier que j'étais un flic.

Nous sortions de plus en plus ensemble. Je connaissais sa vie privée. JB m'avait présenté sa femme et sa maîtresse. Toutes les deux se prostituaient. L'une travaillait dans un studio de la rue Blanche et l'autre sur un trottoir de l'avenue Foch. Il m'invitait souvent à dîner chez lui et j'y rencontrais toutes sortes de gens. Je côtoyais, à sa table, des hommes politiques, des artistes connus, des truands et des putes. Je découvrais la complexité du monde.

Étais-je sur le chemin de la folie ? Parfois, je me le demandais. Mais plus rien, ni personne, ne pouvait m'arrêter. J'étais ivre d'exister. Chaque soir était une nouvelle découverte. JB m'emmenait dans les lieux malfamés de Paris où il rencontrait des hommes louches. Je reconnaissais parfois l'un d'entre eux pour l'avoir vu sur une photographie classée au fichier du grand banditisme. J'étais troublé mais me taisais. JB, lui, me présentait comme l'un de ses nouveaux amis. C'est au cours d'une de ces tournées nocturnes que j'ai fait cela pour la première fois.

Nous étions dans le quartier de la Bastille lorsque nous nous sommes arrêtés dans un établissement d'une autre époque. La façade du bar donnait sur la rue mais, pour y entrer, il fallait s'engouffrer sous le porche de l'immeuble d'à côté, faire une vingtaine de pas dans un couloir sans éclairage et traverser une cour intérieure. Là, on devait attendre quelques secondes afin que la pupille des yeux s'écarquille et absorbe toute la lumière de la nuit pour distinguer la porte. L'intérieur était assombri par de lourdes et épaisses tentures noires. Elles tombaient du plafond jusqu'aux plinthes et traînaient même dans les coins de la pièce, sur le plancher. Il y avait beaucoup de monde mais je ne distinguais que des silhouettes. Seules les personnes assises aux tables, illuminées par de fausses lampes à pétrole, avaient un visage. Derrière le comptoir se tenait un homme grand et mince. Les néons bleus, rouges et verts creusaient les rides de ses joues. C'était le patron. Il avait une cinquantaine d'années. JB m'expliqua qu'il vendait des armes. Nous sommes montés au premier étage, dans une pièce qui servait de débarras. Il y avait une échelle qui se dressait vers une trappe de plafond. Le patron la poussa et prit un paquet de chiffons. Il contenait cinq armes de poing : trois pistolets militaires dont un calibre onze quarante-trois et deux revolvers trente-huit spécial. J'ai posé le doigt sur le flingue à barillet au canon court. JB n'a rien dit. Il connaissait le prix. Il a payé. J'ai vérifié que le flingue était chargé et l'ai glissé derrière la ceinture de mon pantalon. Nous sommes descendus dans la pièce aux tentures noires. Nous avons parlé et bu jusqu'à l'ivresse. Il était tard ou déjà tôt lorsque j'ai demandé à JB s'il souhaitait récupérer l'argent dépensé pour l'achat de l'arme. Sans attendre sa réponse je lui ai proposé un jeu. Le mien. C'était un fantasme né d'une nuit sans sommeil du temps de l'adolescence. Je l'avais alors appelé « flash noir », ignorant que ce défi avait déjà un nom, « la roulette russe ». JB m'a dit que j'étais fou mais il aimait trop le jeu et l'argent pour refuser ma proposition. Pour exciter les clients et les « mettre en bouche » comme il l'a dit au patron, JB a proposé un pari. Le premier de la soirée. Je devais couper, avec une seule cartouche, une cigarette fichée, à dix mètres, dans un trou du mur. C'était simple. Les consommateurs ont tous misé des petites sommes. J'ai saisi mon arme de service, un gros Magnum et j'ai visé. Le patron m'a fait signe d'attendre et s'est dirigé vers le juke-box pour mettre la musique à fond. Il a fait un geste de la main pour dire que je pouvais tirer. La déflagration a été si forte que les verres et les bouteilles posés sur les tables ont tremblé. Un son, bref et lourd, a traversé la pièce. La cigarette a disparu dans des éclaboussures de plâtre. Le silence n'a pas eu le temps de s'installer. JB a ramassé l'argent des paris et a invité les clients à recommencer. C'est à cet instant-là que j'ai proposé une partie de « flash noir ». Tout le monde était d'accord. Seule, une femme — âgée sans être vieille —, qui avait les cheveux noirs avec des mèches plaquées sur le front, a dit que c'était de la folie, qu'il ne fallait pas faire ça. Personne, sauf moi, ne l'a entendue.

Le patron a débarrassé une table. Il l'a portée sur quatre pas et l'a placée au milieu de la salle. Il a amené une chaise. Une seule. Pendant ce temps, JB collectait l'argent de l'enjeu. Il serrait dans sa main une centaine de gros billets. Je me suis assis au centre de la pièce. La musique était forte. J'ai basculé le barillet du revolver que nous venions d'acheter et j'ai retiré les six cartouches. Je les ai confiées au patron. J'ai dressé le pouce. Il a compris et m'a rendu une munition. Je l'ai exhibée aux gens silencieux et l'ai réintroduite dans le revolver. Avec la paume de la main, j'ai donné un grand coup sur le barillet pour le faire tourner dans le vide et l'ai refermé. C'était prêt. J'ai regardé l'arme, l'ai portée sur ma tempe droite et, sans attendre, j'ai appuyé sur la détente. Ça a fait « clic » et JB a crié : « Mesdames, messieurs vous avez perdu, envoyez la monnaie ! » Le patron a baissé la musique et les clients ont repris leur place. Ce soir-là, JB a compris qu'il y avait de l'argent à prendre. Aussi, d'autres soirs, il m'invita chez lui pour dîner en compagnie de gens riches, amoureux de la canaille et des frissons, pour une partie de « roulette russe ». Je l'ai fait trois fois. J'ai triché trois fois.

La farce était facile ; il suffisait de bien connaître les armes et d'avoir l'œil rapide. Pour mon petit exercice j'utilisais toujours le même revolver, un Smith & Wesson, de calibre trente-huit dont le barillet, entraîné par un mécanisme relié à la détente, tourne dans le sens inverse des aiguilles d'une montre. Il suffisait donc d'éviter que la cartouche se positionne en haut à droite du barillet. Si (après l'avoir fait tourner avec la paume de la main) c'était le cas, je le relançais de nouveau pour que la balle se place ailleurs. Dès lors, je pouvais tirer sans danger puisque le percuteur frappait dans le vide.

JB ne connaissait pas mon stratagème. Il ne devait pas le découvrir puisque, pour lui, j'étais fou et que les fous sont des héros.

CHAPITRE IV

Il était trois heures de l'après-midi. Je me réveillais. La veille, j'avais bu et fumé toute la nuit chez Mme Martin. De cela, je me souvenais. Après ? C'était le vide. Assis, nu, sur le bord du lit, je regardais autour de moi. Le calibre était posé sur la table de chevet, les cartouches retirées de l'arme. J'observais les bustes de Bach et de Chopin, deux figurines d'albâtre acquises à l'âge de onze ans. Aujourd'hui, j'en avais vingt-quatre et c'était mon anniversaire.

Depuis mon arrivée à Paris, j'étais installé dans un logement du XVe arrondissement. L'appartement était petit. Dans les deux pièces principales, les murs et les plafonds étaient peints en noir. Un ami décorateur avait choisi la teinte, le décor et fait les travaux. Dans le salon, sur les murs, des miroirs étaient collés à l'intérieur des lambris et une glace renvoyait et multipliait les images de la pièce jusque dans ma chambre. Sur le canapé de toile écrue, un collègue de la brigade des stupéfiants dormait. Nous étions de la même promotion d'officiers de police. Je l'avais rencontré dans la fumerie d'opium. Nous étions nés la même année et le même jour, nos itinéraires étaient semblables et nous partagions la même rage de la découverte. D'origine égyptienne il se prénommait Omar mais je l'appelais Néfertiti parce que son cou était long et supportait une tête pareille à celle d'un pharaon. Les lignes de son front, de son nez, de sa bouche et de ses lèvres étaient douces et pures. On aurait pu trouver son visage dans les pages d'une encyclopédie consacrée aux civilisations anciennes. Je me suis approché de sa couche, l'ai regardé quelques secondes et puis je suis allé préparer le café. Néfertiti m'a rejoint dans la cuisine. Il était enveloppé dans un drap et ressemblait à un empereur d'Orient.

J'écoutais parfois Néfertiti des heures durant. J'aimais sa voix. Elle était grave et semblait polir les mots les plus durs. Nous parlions beaucoup de la mort. Néfertiti disait que nous étions à la dérive et, pour le démontrer, il livrait ses sentiments dans le désordre : « Notre métier nous enveloppe dans un danger invisible. Nous ne voyons rien des réalités, nous pataugeons dans un autre monde mais, ma foi, on se dirige mieux dans les ténèbres lorsque l'on est aveugle. La beauté, celle que nous connaissions autrefois, n'est plus à notre portée. Nous n'avons plus rien de commun avec nos semblables. Pour eux, t'es un flic. Rien qu'un flic. Nous sommes seuls dans ce foutu monde. Nous avons perdu la plupart des valeurs et les sentiments communs, sauf la peur. Nous avançons dans une sorte de néant. Il faut prendre garde et se protéger de tout. Nous ne pouvons plus avoir confiance en quiconque. »

Je l'écoutais sans répondre. Le regard de Néfertiti ne quittait pas mes yeux. Nous sommes restés ensemble toute la journée. Néfertiti est parti de chez moi, tard le soir.

Le lendemain matin, aux alentours de onze heures, j'étais à bord d'une voiture de police. Sur les ondes de la radio, l'état-major lançait un appel général pour renforcer un groupe de la brigade des stupéfiants en difficulté. Des coups de feu avaient été tirés. Arrivé sur les lieux de l'intervention, en plein cœur du Marais, je découvris Néfertiti dans l'angle des murs d'une entrée d'immeuble. Il avait la tête posée dans la pisse des chiens. Sur le trottoir, à côté de sa main gauche, il y avait un morceau d'os avec des cheveux. Une balle de fusil avait fait éclater son crâne et du sang coulait sur son cou.

Je n'arrivais pas à démêler mes sentiments. Tout m'apparaissait flou devant la dépouille de Néfertiti. Mon émotion me rassurait un peu. J'appartenais encore au genre humain. Et cela me suffisait. Maintenant, des lumières très blanches éclataient dans l'air. Le photographe de l'identité judiciaire tournait autour du corps, s'approchait de la bouillie de chair et d'os, du visage de mon ami, reculait, se baissait et prenait des clichés avec un flash. Un gardien de la paix mesurait la largeur de la rue, du trottoir. Il prenait des notes pour rédiger un rapport ! Ce que je voyais n'avait aucun sens.

Les pompiers ont emmené Néfertiti à la morgue. Et puis, il y a eu le long tuyau de caoutchouc tiré par les employés de la ville jusqu'à la place où il s'était effondré. Ils ont lavé le sang à grande eau et sont repartis. Quelques minutes plus tard, l'état-major de la police judiciaire m'a ordonné d'aller au numéro trois de la rue Vincent, dans le XIXe arrondissement. « Affaire criminelle vous concernant », disait la voix nasillarde sortie de la radio.

Un clochard avait découvert le corps, au cinquième étage d'un immeuble abandonné. Sur le sol de ce qui avait été jadis une cuisine, il y avait des tessons de bouteille, un matelas déchiré et des excréments humains avec du papier collé dessus. Des mouches tournaient dans l'air et se posaient sur ma joue et mon front. Le cadavre était là depuis plusieurs jours. Je voyais courir des poux sur ses vêtements en lambeaux. Les yeux étaient toujours ouverts mais ils avaient presque disparu dans les orbites. Je soulevai le mort avec la pointe de ma chaussure, le tournai un peu. Quatre vertèbres étaient à vif. Les chairs avaient été rongées par des rats. Je fouillai les poches et découvris une carte de crédit et un passeport français. Les couleurs de la photographie d'identité s'étaient estompées et donnaient au portrait l'aspect d'une aquarelle. Il s'agissait de Marius Sansonna, né à Marseille et domicilié dans le XVIe arrondissement de Paris. Marius, quel drôle de prénom pour un truand ! Il n'y avait aucun doute, Marius Sansonna avait été exécuté de trois balles.

Deux d'entre elles avaient fracassé chaque genou et la troisième avait été tirée en plein cœur.

Je savais tout de l'existence criminelle de Sansonna. En soi, son itinéraire était d'une banalité exemplaire pour un voyou de seconde classe. Il y a deux mois, j'avais lu, en une seule nuit, les trois cent trente-trois pages de son dossier aux archives. L'encre grasse des rubans de machine à écrire avait bavé sur les feuilles de papier pelure et des passages entiers d'interrogatoires étaient presque effacés. Les mots m'avaient entraîné jusque dans les recoins de sa vie et fait emprunter le chemin qui, dès son enfance, le conduirait, un jour, le dernier, dans l'immeuble de la rue Vincent. La mort n'a pas de sens, mais elle a une logique.

Le nom de Sansonna avait été prononcé pour la première fois par Marcel, le chef de groupe. C'était deux jours après le vol du milliard, un casse qui ne ressemblait à aucun autre. D'ailleurs, la presse nationale avait exploité ce fait-divers pour augmenter ses tirages. Les journaux avaient tous titré à la une. Les radios et les télévisions avaient, dès la nouvelle connue, concocté des éditions spéciales. Durant deux jours, d'anciens poulets, des sociologues, des psychiatres et des criminologues avaient ergoté dans des micros et s'étaient pavanés devant des caméras de télévision. Le public avait ingurgité leurs analyses savantes sur ce qu'ils appelaient « un exemple unique dans l'histoire du banditisme français ». Maquillés pour estomper la lumière trop dure des projecteurs, ils s'exprimaient, doctement, pour affiner le profil psychologique « si particulier » des auteurs de ce « vol audacieux » et expliquaient « le mécanisme secret de ces individus qui passaient à l'acte interdit ». Bref, les journalistes ne savaient rien ! Pour nous, c'était plus simple. L'affaire échappait aux préceptes freudiens pour se résumer à un simple vol commis par des voyous.

Les truands avaient utilisé de gros moyens. Dans la nuit, à la gare du Nord, ils avaient soulevé, à l'aide d'une grue volée, le container posé sur un wagon, l'avaient transféré sur la plate-forme d'un camion et avaient ensuite disparu dans la nature. Le butin, composé de plus d'une tonne de pièces de monnaie, appartenait à la Banque de France. Le milliard de centimes attendait sur une voie de triage d'être conduit à une fonderie. L'intérêt de la presse pour cette affaire — somme toute banale — avait aiguisé les appétits de flics ambitieux. Ces derniers savaient que celui d'entre eux qui découvrirait les coupables deviendrait la vedette d'un jour, recevrait une prime et les félicitations écrites du directeur et peut-être même du ministre. Des honneurs inscrits dans son dossier ! Peu de gens mesurent que ce sont là des choses essentielles pour un fonctionnaire. Or, notre brigade était en tête du peloton. JB m'avait chuchoté qu'un certain Marius Sansonna était l'organisateur de ce coup. Mais je ne pouvais pas exploiter ce renseignement puisque JB était toujours en contact avec Marcel, mon chef de groupe. Les flics sont susceptibles et deviennent même dangereux, lorsqu'il s'agit de leurs « indics ». Si elle avait été connue, ma fréquentation de JB aurait été considérée comme de la haute trahison. Et Marcel ne l'aurait jamais oublié.

JB lui a donné l'information. Depuis, Marius Sansonna avait été tué. Très vite, après avoir cherché les noms de ses relations, nous nous sommes intéressés au surnommé « Bibi », un petit truand de soixante-deux ans qui habitait un appartement modeste à Bagnolet. Bibi avait son nom cité dans un livre consacré à la pègre écrit par un journaliste renommé. Il en était si fier que le bouquin était devenu son seul bagage. Il ne se déplaçait pas sans lui dans Paris. Il le tenait fort dans la main et ne l'abandonnait jamais, même pas quand il s'asseyait à un comptoir de bar.

L'enquête tournait en rond. Alors, un matin « on a arraché » Bibi. Une arrestation identique à toutes les autres. L'intervention allait toujours très vite. À peine la porte enfoncée, nous étions dans l'appartement. L'instinct dominait et nous précipita, ce jour-là, dans la chambre de Bibi. Il dormait. Nous avons crié les mots habituels : « C'est la police. Bouge pas enculé ! » Les armes à la main, nous avons sauté sur le lit, serré la gorge de Bibi et bloqué ses bras. Nous l'avons retourné pour lui enserrer les poignets avec des menottes.

La tension est tombée. Bibi a dit « Vous êtes cinglés » et il m'a regardé. C'était étrange parce qu'il me dévisageait comme s'il voulait se souvenir, pour toujours, de moi et donner un sens à ce qui lui arrivait. Je l'ai frappé. À cet instant-là, il m'est apparu en l'homme que j'étais en train de devenir : son visage gonflé d'alcool, son ventre blanc, rond et mou. Il avait déposé sur la table de chevet la perruque noire qui, le jour, cachait sa calvitie. Bibi pleurait. Il était usé par une vie minable. Un de mes collègues a gueulé : « Arrête ton cirque » et il l'a poussé dans la cuisine.

Au-dessous de l'évier, le placard était fermé à clé. Un coup de talon et le bois de la porte a éclaté. Des boîtes de riz, de pâtes et de lessive étaient alignées sur une étagère. Il y en avait trop pour un homme qui n'aimait pas rester chez lui. Je les ai vidées, sur le sol, l'une après l'autre, jusqu'à la dernière. Dissimulés dans de la poudre à vaisselle des billets de banque étaient roulés serrés et tenus par des élastiques. Il y avait cinq cent mille francs. Jamais je n'avais vu autant d'argent. J'ai compté deux fois les billets. Marcel a noté la somme sur un petit carnet qu'il consultait toujours avant de rédiger la procédure. De retour à la brigade, Bibi a tout raconté et donné les noms de ses complices. L'affaire était close. Le lendemain, j'ai relu le dossier. Il était écrit sur le procès-verbal que la somme saisie chez Bibi était de deux cent cinquante mille. La moitié de l'argent avait disparu. Marcel m'a dit, mais plus tard, que les voyous ne déposaient jamais plainte.

Bibi a été emprisonné et s'est pendu dans sa cellule durant sa seconde nuit d'incarcération.

CHAPITRE V

J'ai ouvert les volets. Dehors, tout était gris. Je regardai ma montre, les aiguilles marquaient à peine midi et pourtant les boutiques étaient déjà éclairées. Les façades, trempées par les averses de la nuit, avaient la couleur de l'anthracite. L'air gras de la ville alourdissait les gouttes de pluie qui, molles, n'explosaient pas lorsqu'elles touchaient le sol mais roulaient puis glissaient sur le bitume avant de mourir dans le ruisseau. L'humidité absorbait la lumière du jour. Les vitres vibraient au vent et je restais immobile derrière la fenêtre à observer les passants dans leurs vêtements mouillés qui, tous, marchaient la tête baissée. La rue était si sombre qu'elle semblait dessinée au fusain et à l'encre de Chine.

C'était un mauvais jour, un 11 novembre qui annonçait une nuit lente. On appelait ça la permanence ! Le travail se résumait à s'affaler derrière un bureau tout l'après-midi et à patienter. Le programme était toujours le même. Je savais que, le soir venu, j'avalerais un couscous et boirais du sidi-brahim chez Khaled, le restaurant installé en bas de la brigade. Je me sentirais sans doute un peu saoul et passerais la nuit à attendre. Et les heures traîneraient jusqu'au matin.

Le temps s'est écoulé ainsi. Je suis resté de longs moments sans presque bouger, assis sur une chaise en bois, les pieds posés sur une table métallique aux tiroirs déglingués. Il y avait devant moi deux travestis, trois prostituées, un clochard, un escroc, un ivrogne et un mari trompé qui avait cogné sa femme. En garde à vue, ils étaient enfermés dans la cage. Les travelos s'esclaffaient sur le genre masculin, les tapins dénonçaient l'injustice du monde, le clodo se grattait la tête, le cocu dormait, l'escroc se rongeait les ongles et le poivrot vomissait. La misère a ses odeurs. Indifférent aux effluves de vinasse mêlés à celles de sueur et d'eau de toilette de mauvaise qualité, le gardien de la paix, chargé de surveiller les détenus, lisait un journal de sports. Il relevait la tête lorsqu'il tournait une page et criait : « Fermez vos gueules là-dedans ! », puis reprenait le cours de sa lecture.

J'étais au zoo et observais les différentes espèces de la nature humaine enfermées dans la cage. Je me contemplais. C'est cette nuit-là que j'ai su mon initiation achevée. Je devais maintenant quitter la brigade, première escale d'un voyage entrepris depuis quatre ans. Je n'y avais plus ma place. Il me fallait reprendre la route qui me conduisait vers nulle part.

Le lendemain, je dînais avec JB.

À la fin du repas, il me demanda un service. Je lui

avais déjà rendu le même deux fois. On dit que la coutume a force de loi. J'agissais donc dans la légalité.

Pour agrandir son cheptel « de fesses à fric » — c'est ainsi que JB appelait son petit commerce —, il avait besoin de récupérer une fille déjà tenue par un julot. La technique était simple. Il suffisait d'arrêter le souteneur et de l'envoyer en prison pour proxénétisme. Je n'avais pas envie d'écouter sa sale histoire. Je l'ai interrompu et lui ai dit que j'avais besoin de lui. J'étais mal à l'aise. Je ne savais pas comment débuter la première phrase. Je lui ai parlé de l'amitié et répété que c'était une vraie valeur que nous avions en partage. C'était donc à l'ami que je m'adressais. Je lui ai expliqué que je voulais quitter la brigade et être muté dans un service prestigieux ; pourquoi pas au 36, quai des Orfèvres, siège mythique de la police judiciaire. La voix basse et en lui tenant le bras, j'ai ajouté : « C'est important pour moi et pour toi. En ayant un ami flic au "36"... tu deviendras le roi du pavé parisien. » C'était l'invitation faite à JB de devenir ma « balance ».

J'avais besoin d'une bonne affaire qui me permettrait d'être remarqué par un grand patron de la police judiciaire. Mais je n'en avais rien à foutre d'arrêter des truands en flagrant délit et de recevoir les félicitations de l'administration ! Je ne me mentais pas. J'avais simplement besoin d'un visa pour franchir les frontières d'un pays plus noir encore.

JB avait compris. Il m'a répondu qu'il n'avait aucun renseignement à me donner. Il connaissait bien quelques magouilles mais ce n'était que des broutilles juste bonnes à embrouiller un flic de commissariat de quartier. Quand il me parlait, JB faisait des grands gestes avec ses mains. Parfois, il les posait sur sa poitrine et, me regardant droit dans les yeux, il disait : « Tu le sais, je suis ton ami. Si je pouvais... mais je n'ai rien. » Il me prenait pour un imbécile. Lui, l'indicateur de police patenté, le tueur qui connaissait le Tout-Paris de la truanderie et fréquentait les voyous les plus connus et les plus dangereux, m'expliquait, au nom de l'amitié, qu'il ne savait pas ce qui se tramait dans le milieu. J'étais contrarié quand nous nous sommes quittés.

Un peu plus tard, son attitude déclencha une chose bizarre. Jamais cela ne m'était arrivé. Des picotements sont nés au centre de mon crâne et se sont déplacés, en sautillant, le long de ma colonne vertébrale. Ils m'ont irradié toute la chair du dos. Et, brusquement, ils ont disparu. Mes muscles se sont raidis. Mon cœur s'est mis à battre de plus en plus fort et une douleur m'a tordu les muscles du ventre. Et puis, mon sang a cogné les extrémités de mes doigts et bouillonné à l'intérieur de mes veines. C'était étrange parce que mon corps n'existait plus. Il avait fui et échappait à mon contrôle. Je me concentrais pour le récupérer mais c'était un peu comme si ma tête s'était dissociée du buste et que je tentais, en vain, de les rassembler. Ma volonté n'était plus suffisante, elle était dépassée par ce phénomène inconnu. Pour la première fois, je percevais en moi la naissance et le développement d'un monstre venu du tréfonds de mon inconscient qui se métamorphosait en sensations corporelles.

C'était la violence, ou plutôt — et c'était pire — l'envie de violence. Elle était là, puissante, dans tous mes membres, ma poitrine et mon ventre. J'avais peur. Elle pouvait exploser d'un coup. Je pressentais que si cela se produisait, rien ni personne ne pourrait arrêter mes mains qui auraient serré la gorge de JB, mes poings qui auraient défoncé sa mâchoire jusqu'à entendre les craquements des os, mes dents qui auraient arraché une joue ou une lèvre ou un œil. Je n'avais pas touché JB ni même esquissé un geste mais je voyais son cou et le sang qui en giclait. Des saccades écarlates éclaboussaient mon visage et mouillaient ma chemise et ma veste. J'étais fou. J'allais passer à l'acte quand, tout au fond de mon crâne, j'ai entendu un bruit aigu. Semblable à une alarme, il m'a réveillé. La bouilloire électrique sifflait. La veille, avant de me coucher, je l'avais réglée à six heures trente. Sitôt levé, j'aimais verser l'eau chaude sur la poudre de café instantané. En sueur, assis dans le lit, je me suis rappelé que j'avais peiné à me familiariser avec la mort. Je l'avais, un peu, apprivoisée et voilà ! Je découvrais que je me confondais avec elle. L'envie de violence était bien présente, je ne pouvais plus m'en débarrasser. Elle m'avait pénétré sans douleur et s'était cachée dans un recoin secret de ma tête. Elle était semblable à celle que je haïssais tant chez les autres hommes. Tant pis, c'était trop tard. Je ne m'étais rendu compte de rien.

CHAPITRE VI

Depuis plusieurs semaines, trois mots ne me quittaient plus. Je les prononçais plusieurs fois par jour. Ils apparaissaient partout où je passais. Sans en avoir conscience, je les écrivais avec soin et les épaississais en passant et repassant la pointe du stylo sur le dessin des lettres. Je les inscrivais sur des paquets de cigarettes, sur la couverture des journaux, sur des pages de livres, sur des nappes et des cartons carrés de verre à bière.

Une nuit, après m'être égaré dans un bar du quartier de la Bastille, je me surpris à graver sur le mur des toilettes « partir-connaître-découvrir », trois verbes qui, parmi les graffitis — des dessins maladroits de queues et de couilles —, voulaient unir tous les imaginaires.

Ces mots avaient pris tant d'importance dans ma vie qu'ils dansaient dans mon crâne et y tournaient jusqu'à s'étourdir. Pareils à de petits lutins doués d'un pouvoir magique, ils transformaient le désir et le rêve en obsession. Ils emportaient ma raison et je les sentais vivre. D'ailleurs, parfois, les mots trépignaient sur ma langue.

Ils s'impatientaient, sans doute, et voulaient que je les prononce à haute voix, que je les clame sans honte. Alors, seulement, ils s'échapperaient de ma bouche pour me laisser en paix.

Je suis convaincu que tous les mots ont un destin. Ces trois-là indiquaient une porte qui s'ouvrait sur la seconde dimension d'un monde que j'avais choisi d'explorer. Ce n'est pas la peur qui freinait mon désir de poursuivre le voyage, mais la compromission ! Je la craignais. C'est elle qui, ces derniers mois, m'avait obligé à contempler chaque aspect de l'horreur, à fouiller dans la fange, à excuser la cruauté, à accepter la trahison et à coucher avec le vice.

CHAPITRE VII

Je me rendais pour la première fois au siège de la P. J. Marcel m'y avait envoyé pour consulter les fichiers du grand banditisme. Nous travaillions alors sur une affaire sans importance.

Le 36 quai des Orfèvres !

Je me trouvais devant cette adresse mythique. Je ne savais rien de ce lieu hormis que la Seine coulait au pied du bâtiment aux toits pointus.

Le porche s'ouvrait sur la cour du bâtiment des archives de la police judiciaire ; sur la gauche, une double porte vitrée était surmontée d'une ogive de bois peinte en blanc. Les marches de l'escalier, recouvertes d'un linoléum vert-gris qui exhalait une odeur d'huile de lin, conduisaient à la brigade criminelle. Le décor n'avait pas changé depuis au moins un demi-siècle. Il était identique à celui décrit par Simenon dans ses romans ou montré dans les films policiers français de l'entre-deux-guerres.

J'avais l'esprit hors du temps et j'étais sans doute un peu heureux puisqu'une émotion, indéfinissable, accompagnait chacun de mes pas. Je connaissais la fébrilité de celui qui, ayant rendez-vous avec un personnage de légende, compte les dernières minutes, les dernières secondes avant la rencontre. Je grimpai jusqu'au quatrième étage, marchai dans un long couloir aux murs beiges, un peu sales, et me perdis. Étais-je à la « criminelle », aux « stups », à la « mondaine », à la « répression du banditisme » ou à la médiatique brigade de recherche et d'intervention ? Ici, ni repères ni indications. Le flic et l'homme de la rue se ressemblent. Je croisais des jeunes gens aux cheveux longs ou courts, imberbes ou barbus, bruns ou blonds, grands ou petits, sveltes ou rondouillards. Ils portaient tous des jeans usés. Ils étaient tous chaussés de baskets ou de bottes. Rien ne les distinguait les uns des autres sauf peut-être la couleur de leurs blousons ou de leurs vestes. J'étais impressionné par la quantité de portes qui, les unes après les autres, s'ouvraient et se refermaient. Un flic, des dossiers à la main, sortait d'un bureau tandis qu'un autre y entrait. Parfois, la cloison laissait échapper des « Connard ! », « Parle ! », « Bordel ! », « Enculé ! ». J'entendais aussi des rires. Je n'y prêtai pas attention. Les injures m'étaient devenues familières.

Des paliers, sortes de petites places recouvertes de parquet, favorisaient les rencontres et les conversations. Ils facilitaient l'accès aux six étages de la bâtisse.

J'empruntai encore quelques marches. Ici, le plancher était recouvert de moquette grise, les portes des bureaux étaient doubles et capitonnées et portaient, sur des plaques de cuivre, les inscriptions : « M. le Directeur», «M. le Sous-Directeur», «M. le Commissaire divisionnaire». Par mégarde, je me trouvais dans l'antichambre de la haute fonction policière. Les fonctionnaires de cet étage portaient tous des costumes anthracite sur des chemises blanches ou bleues aux cols noués par des cravates sans fantaisie.

Mon blouson de cuir usé, mon pull à col roulé tombant trop bas sur un jeans délavé et mes bottes de motard me firent remarquer par un homme austère conçu tout en longueur. Il avait les cheveux gris gominés et tirés vers l'arrière, le front haut et plat, le nez droit et long, les lèvres effacées et le menton pointu. Il m'a demandé, avec une voix aiguë, si j'avais rendez-vous.

L'homme gris est resté droit quand je lui ai répondu : «Je cherche les archives.» Avec une pointe de mépris, il a répliqué : «Mon garçon, les archives sont installées dans les étages inférieurs...»

Je suis donc redescendu. Au troisième palier, j'ai croisé un copain de promotion accompagné d'un homme d'une cinquantaine d'années. Silencieux, il m'observait. Ses yeux parcouraient mon corps. Sans cesse, ils allaient et venaient de la pointe des cheveux jusqu'à celle des chaussures. L'inconnu ressemblait à un acteur américain au nom oublié qui, autrefois, jouait toujours des seconds rôles d'aventurier. Ses cheveux gris étaient coupés court, son front plissé et deux rides, profondes, détachaient les joues du reste du visage. Il portait des bottines noires, un pantalon noir, une chemise noire et un blouson de cuir noir. J'ai su qu'il se prénommait Georges et que tous les flics du « 36 » l'appelaient « Jo ». Jo était chef de groupe à la brigade de recherche et d'intervention, l'antigang cher à une certaine presse.

Deux jours plus tard...

J'avais croisé Jo il y a quarante-huit heures ; nous n'avions pas échangé un seul mot et voici qu'il me disait, par téléphone, que tout était réglé. Je débutais dans son groupe dès lundi. Il m'a tout de même demandé si j'étais d'accord. Je n'ai pas hésité. Ma réponse a été immédiate.

Mon « Oui » avait claqué tel le coup de feu qui signale le départ d'une course. La fin de la mienne serait une cellule de prison. Mais cela, je ne pouvais le prévoir ni le supposer.

CHAPITRE VIII

Je connaissais la fébrilité de l'enfant qui, la veille de la rentrée scolaire, prépare son cartable. Demain, j'arrivais au 36 quai des Orfèvres !

Le réveil a sonné à cinq heures. Je me suis réveillé fébrile. Mon cerveau n'était plus qu'un projecteur de cinoche qui débitait les images de mauvais films policiers. J'étais moi-même. Ce matin-là, je désirais changer le merdier quotidien en divertissement. L'existence pour être supportable doit être ludique. Mais le jeu que je m'étais imposé, depuis déjà quatre ans, était mortel.

Quelques amis me disaient « suicidaire ». C'était faux. À mes yeux, la mort n'était qu'une nécessité. Celle qui donnait un sens — le seul — à la vie. Alors, en ce tout début de journée, je m'amusais à être flic à l'antigang. J'avalai un jus d'orange avec trois comprimés de vitamine, un yaourt sans matière grasse, deux grandes tasses de café, une tartine de pain complet barbouillée de confiture de fraises et m'interdis même la cigarette matinale. Je peaufinai ma forme par deux douches (l'une chaude, l'autre froide) et me rasai avec la précision d'un vieux militaire. Je me regardai dans la glace de la salle de bains. Nu, j'enfilai le holster. Les sangles de cuir comprimaient mon épaule et le calibre chatouillait mon aisselle gauche. L'arme était trop haute ! Après dix minutes de combat avec les boucles, l'élastique, les bretelles et l'étui, je parvins, enfin, à régler le tout. La crosse du calibre était maintenant à portée de ma main droite. J'étais fier de cette réussite. Et, devant la glace de la salle de bains, j'effectuai le geste rapide, obligatoirement rapide, du superflic défendant la veuve et l'orphelin. Cette expérience banale me permet d'affirmer aujourd'hui que, bon ou mauvais, un homme à poil et armé est ridicule. Je grimaçai aussi. Je serrai les lèvres, fronçai les sourcils et les rides du front, regardai aussi loin qu'il était possible de le faire dans le miroir. En fait, je me regardais au fond des yeux et, du coup, je devenais un poulet traquant l'homme que j'étais. Quelle embrouille !

J'enfilai un pantalon neuf — de velours marron à fines côtes —, une chemisette bleu ciel achetée deux jours auparavant et chaussai des bottes camarguaises trop raides. Seul, le blouson de cuir avait vécu. C'était un peu mon vêtement fétiche. La doublure de tissu était élimée sur le côté intérieur droit par le métal du chien du revolver. Il n'y avait aucune raison particulière à ce que je sois attaché à ce vêtement hormis le sentiment diffus qu'il me protégeait. C'était un bout de moi-même, une sorte de compagnon fidèle. Je le portais tous les jours et, lorsque je le quittais, je le posais près de moi. Il m'arrivait souvent de le regarder, avec les yeux de celui qui veille sur un être cher.

La peau, dans le haut du dos, était râpée, les coudes brillaient et le col, tricoté de fil épais, godillait un peu. C'était bizarre mais j'éprouvais de l'affection pour ces quelques morceaux de cuir cousus bout à bout. Ils vivaient. Même les poches, ces petits sacs sans importance ouverts sur l'extérieur, avaient un sens. Elles cachaient et protégeaient des petits riens indispensables à mon quotidien.

Sept plombes du matin. C'était l'heure du rendez-vous fixé par Jo au *Soleil d'or*, le café situé à l'angle du boulevard du Palais et du quai des Orfèvres. Jo tenait à m'accompagner pour la première fois à la brigade. Je franchirais le seuil du « 36 » aux côtés de celui qui me parrainait. C'était la coutume.

Le bureau, situé au dernier étage, était une petite pièce aux murs sombres. La lumière du jour passait par une étroite fenêtre. Les néons restaient allumés jour et nuit. Sur la porte un rectangle de plastique portait le nom de famille de Jo. Sitôt entré, on se cognait à la chaise de la première table. Trois autres bureaux plaqués de Formica marron étaient disposés sur le côté gauche et deux étaient situés près du mur, sous la lucarne. Jo m'a indiqué la place que j'occuperais. C'était celle placée près de l'entrée. Je m'y assis. Jo était installé en face de moi.

Mes nouveaux collègues sont arrivés ensemble. Jo me les a présentés. Il y avait le « Marquis », un jeune homme distingué, fils de noblesse déchue ; le « Sancerrois », garçon rond et grand amateur des vins de son pays natal ; « Kao », un ancien boxeur qui n'avait jamais gagné un seul combat ; « Poussin », le plus jeune du groupe, un gamin à peine sorti de l'adolescence qui ressemblait au gros poupon utilisé pour la publicité d'une marque de lait.

Dès le premier jour, Jo m'a intrigué. Son regard fixe, sa démarche, ses gestes presque lents et ses expressions faisaient de lui un être étrange.

Il parlait avec une voix aiguë et un peu nasillarde. Il décortiquait les mots en syllabes, ce qui donnait à la prononciation des phrases l'allure cadencée d'un défilé militaire. Son débit de paroles me faisait songer aux pas d'un *horse-guard* devant le palais de Buckingham à l'heure de la relève.

Je ne connaissais rien de sa vie, excepté qu'il était marié et n'avait pas d'enfant. Le matin même de mon arrivée, il m'avait parlé de la perruque de cheveux gris que portait sa femme et seulement de cela. Parfois, il semblait si loin qu'il donnait l'impression de ne pas appartenir à ce monde. Je l'observais souvent. Au bout de quelques jours, j'avais remarqué qu'il accumulait des objets dans les deux tiroirs de son bureau et que, chaque samedi matin, il les sortait pour les admirer.

C'était toujours le même cérémonial. Il regardait sa montre. À dix heures précises, il plongeait la main dans la poche de son pantalon et en extirpait une clé attachée à une chaînette. Il ouvrait le premier tiroir puis le second. Jo respirait alors profondément et posait les mains sur la table. Il ne bougeait plus. Il restait ainsi quelques secondes, peut-être même une minute. À ce moment-là, Jo entrait seul dans un vide immense. Son corps devenait raide et son regard, très fixe, semblait atteindre un univers lointain et mystérieux. Puis d'un coup, Jo-la-machine se mettait en marche. Il prenait un carré de tissu rouge et le dépliait avec soin. Sans regarder dans le tiroir, il saisissait une grenade, dévissait le détonateur et posait l'un et l'autre sur l'étoffe. Après, il prenait deux boîtes de munitions, les ouvrait et mettait devant lui les cartouches de cuivre. Et il redevenait immobile. Plusieurs secondes s'écoulaient et, de la main gauche, il tirait le revers de son blouson noir pour dégager le pistolet flanqué sous l'aisselle tandis que la droite le sortait de la gaine en cuir. Il examinait son flingue avant de le déposer sur le morceau de tissu. De nouveau, Jo ne bougeait plus. Il restait, rigide, toujours dans la même position, plus longtemps encore. Après cette pose, il démontait l'arme, disposait les pièces mécaniques les unes à côté des autres. Il stoppait encore tous ses mouvements puis les débloquait pour saisir un chiffon et frotter le cuivre des cartouches, la cuillère de la grenade et l'acier du pistolet. Une dernière fois il se figeait. C'était la fin du rituel. Il reprenait les objets un par un et les rangeait dans les tiroirs, repliait le chiffon rouge, fermait la serrure du bureau et la clé rejoignait le fond de sa poche. À cet instant-là, Jo semblait libéré d'un démon. Il inspirait fort puis soufflait, se levait et, sans un mot, quittait la pièce.

CHAPITRE IX

Cela faisait cinq heures que j'étais assis sur la banquette du « sous-marin », la camionnette de chantier. Ce véhicule, outil quotidien de la brigade, servait aux planques et aux filatures. Le « sous-marin » était plus qu'un moyen de transport et de surveillance. C'était un habitat. Chaque flic, à tour de rôle, y vivait dix ou douze heures par jour et pouvait même y passer une nuit entière.

L'équipement intérieur était confortable : plancher recouvert d'un épais tapis-brosse, chauffage au gaz, Frigidaire. Quant à l'urinoir, il tenait, un peu, de l'art postmoderne. C'était un objet mystérieux au sens inaccessible aux profanes et bricolé par un fonctionnaire inspiré. Il s'agissait d'un long tube de caoutchouc fiché, à l'une de ses extrémités, d'un cône métallique, morceau d'une sirène deux tons de la police. L'autre bout du tuyau passait par un trou — percé à la chignole — situé au bas de la carrosserie et pendait de la camionnette, juste au-dessus du bitume.

Nous pissions tous dans cette sorte d'entonnoir que

nous laissions traîner, après usage, sur le plancher. L'objet ressemblait à ces vieux cornets, ancêtres du téléphone qui, autrefois, servaient à héler les bonnes à l'heure du service. Cette similitude n'avait pas échappé à la sagacité d'un ouvrier du garage, chargé d'entretenir le « sous-marin ». Il croyait que notre pissotière était une construction astucieuse utilisée pour écouter les conversations extérieures. Aussi, à chaque révision du véhicule, il s'emparait de l'engin, le portait à l'oreille, disait que c'était bien pratique et que cette idée était une sacrée trouvaille. Je suis resté quatre ans à l'anti-gang et durant tout ce temps personne ne l'a contrarié.

Jo me l'avait dit et répété : « Tu ne quittes jamais l'objectif. Tu dois tout voir et tout noter. Ne laisse pas s'échapper le moindre petit détail, écris les heures de sortie et d'entrée des gens de l'immeuble, la couleur et la forme de leurs vêtements. Et tu photographies. N'hésite pas ! Les films sont gratuits. Tu as un appareil équipé d'un objectif de cent trente-cinq millimètres et d'un de trois cents. Et puis n'oublie pas de nous tenir au courant par radio de ce que tu mates. Nous ne sommes pas loin. »

Les recommandations de Jo me saoulaient. Habitué, depuis quatre ans, à travailler la nuit, je supportais difficilement la lumière du soleil.

Et puis rester immobile, silencieux et enfermé entre les quatre tôles d'une camionnette à regarder, observer, noter et photographier sans omettre d'informer mes collègues par la radio était trop pour mes deux bras et mon cerveau de dyslexique. Mais nous étions entrés dans une nouvelle époque de l'histoire policière. Les grands chefs de la préfecture de police ne ressemblaient plus à leurs ancêtres. La « boîte » recrutait maintenant à la sortie des universités et flattait les jeunes diplômés des grandes écoles. Et ces « messieurs » considéraient que la fréquentation des voyous n'était ni convenable ni morale. C'était surtout trop dangereux pour leur carrière. Il convenait donc d'observer le « mitan » de l'extérieur. Le patron de la brigade avait reçu des ordres et, avec le sens aigu de la discipline que l'on connaît aux fonctionnaires, il les avait transmis à tous les chefs de groupes qui, eux-mêmes, les appliquaient. Résultat : j'étais dans ce foutu « sous-marin » depuis plusieurs heures à surveiller les voyous, de loin. Cette situation changeait mes habitudes. Je ne reconnaissais plus rien.

L'animation de la ville m'apparaissait irréelle. Tapi dans la camionnette, isolé et invisible, je tentais de comprendre l'étrange communauté humaine qui s'agitait devant moi. Depuis plus de quatre ans, j'avais vécu la nuit et oublié le monde du jour.

J'étais au cœur de l'anonymat collectif. Ce que je voyais n'avait pas de sens. Les gens étaient au volant de leurs automobiles pour, en principe, se déplacer. Or, ils n'avançaient pas. Ils restaient bloqués dans l'embouteillage. Sur le trottoir, les piétons, tous pressés, se heurtaient, se bousculaient parfois mais ne s'arrêtaient jamais. Avec les jumelles, derrière la glace sans tain, j'observais les visages des passants. Certains grimaçaient, d'autres parlaient seuls. J'aimais ma position : elle correspondait bien à mon désir de tout voir sans me faire remarquer. Le spectacle de la rue absorbait mon attention tout entière au point de me faire oublier que j'étais dans le « sous-marin » pour une mission de police.

Depuis trois jours, chaque matin, je prenais mon service devant l'immeuble des Nouvelles Messageries de la Presse parisienne, un grand bâtiment ouvert sur l'avenue Jean-Jaurès d'où, sans cesse, entraient et sortaient des voitures et des motos flanquées de side-cars. Des hommes, dont nombre d'entre eux étaient un peu rougeauds, surgissaient de l'ombre du porche et se rendaient au bistrot d'à côté. De loin, je distinguais leurs gestes. Ils mettaient l'argent sur le comptoir et à peine posé devant eux, ils avalaient le verre de bière d'un trait, le reposaient vite et sortaient. Après quelques pas, ils disparaissaient dans le trou noir du porche. Je devinais que l'activité des salariés des Messageries se concentrait dans un vaste garage éclairé par des ampoules électriques. La lumière était jaunâtre. Des hommes énervés liaient des paquets de journaux, les portaient, les lançaient sur des palettes de bois. D'autres ouvriers, avec des élévateurs, les transportaient sur le trottoir et les motards de presse les chargeaient dans leurs paniers et démarraient en trombe. Ainsi, caché dans la camionnette, je vivais au rythme des éditions des journaux parisiens.

C'était le « Marquis » qui avait eu l'information.

Aussitôt, Jo, le chef du groupe, nous avait mobilisés pour faire le « flag » du mois. Le « flag » était l'essence même des missions de l'antigang. Observer le « mitan » de l'extérieur, suivre et loger les braqueurs et les arrêter à l'instant même où ils passaient à l'action. Ce n'était pas de l'intervention, mais de la politique.

Depuis quelque temps, les Parisiens avaient le sentiment de vivre dans l'insécurité. Il est vrai que le paysage urbain avait été bouleversé. La ville n'était plus tranquille. Des quartiers entiers disparaissaient. Les maisons de Paris, ces bâtisses aux toits de zinc qui, autrefois, faisaient les délices des peintres et des photographes, étaient dévorées les unes après les autres par de grosses machines aux bouches mécaniques. Les habitants fuyaient loin pour se regrouper dans les tours des banlieues tandis que s'élevaient, là où ils avaient été enfants, des hauts murs de béton recouverts de verre ou de fausses pierres de taille ou de marbre.

Les rues étaient élargies. Sous terre, des ouvriers construisaient des parkings. Le long de la Seine les vieilles maisons avaient été rasées et avaient laissé la place à des voies sur berges conçues pour que les automobiles roulent vite et traversent la ville sans jamais s'arrêter.

Tout était transformé. Les boutiques traditionnelles et les bistrots disparaissaient au profit de sociétés financières. Les banques s'installaient partout et les bureaux remplaçaient les habitations. Peu à peu, les plus pauvres n'habitaient plus Paris. Ils y venaient, seulement, pour y travailler. Alors, bien sûr, les gens qui restaient au cœur de la ville avaient un peu peur. Ils se sentaient seuls et voulaient être protégés. Et c'est ainsi que les hommes politiques souhaitant rassurer les citoyens ont demandé aux responsables de la police d'imaginer de nouvelles brigades. D'où la naissance de la brigade de recherche et d'intervention, l'antigang. Voilà pourquoi nous étions chargés de faire du « flag », nouvelle formule de la sempiternelle rengaine « dormez braves gens, la police veille ». Depuis trois jours, nous attendions donc les barges qui devaient attaquer les Nouvelles Messageries de la Presse parisienne. Au quatrième jour, en début de matinée, j'assistai, en direct, non pas au hold-up du siècle mais au braquage le plus long de l'histoire du crime.

Il était cinq heures. René et Marcel avaient profité de la relève des équipes de nuit pour pénétrer dans les lieux. Henri s'était calé sur le siège de la voiture, tel un pilote de course, prêt à démarrer en trombe dès que ses complices, le travail accompli, l'auraient rejoint.

Il n'y avait aucun doute sur leurs intentions. Les trois hommes étaient bien décidés à vider le coffre. Ils se le répétaient depuis plusieurs jours au téléphone. René avait juré à Henri et à Marcel qu'il n'était pas question de se déballonner. S'il le fallait, « il irait se le faire tout seul le coffiot ! ».

Mais trois heures plus tard, il ne s'était toujours rien passé. L'activité des ouvriers des Messageries était normale, ordinaire même. Au bistrot d'à côté, le patron servait de la bière. Les piétons passaient devant la porte du bâtiment avec indifférence. Une mère de famille poussant un landau et s'arrêtant sans crainte ni inquiétude devant l'entrée redressa son enfant et réajusta la couverture le protégeant du froid. Des coursiers pénétraient dans le lieu et en ressortaient normalement. Le facteur, comme à son habitude, laissa sa voiture jaune en double file et porta le courrier à une secrétaire puis, après avoir bu son café au troquet d'à côté, reprit sa tournée. Des agents de police, eux, glissaient des P.-V. sous les essuie-glaces et supportaient mal les insultes des employés des Messageries, sortis sur le trottoir à cette occasion.

Maintenant, cela faisait quatre heures que Henri, le chauffeur, était au volant, prêt à arracher ses deux copains qui, en principe, menaçaient le comptable de la société. C'était un peu long et bizarre !

Jo perdait patience et — c'était encore une étrange manie chez lui — regardait, régulièrement, le cadran de sa montre à gousset. Une petite merveille mécanique du siècle dernier qu'il tenait, paraît-il, de l'un de ses aïeuls. Mais les aiguilles étaient arrêtées depuis des années sur midi moins cinq.

Il n'était que neuf heures.

Tout semblait bloqué. Je n'apercevais plus rien. Je subissais seulement les mouvements répétitifs de tous les acteurs de la rue. C'était un peu comme s'ils étaient des automates. Dans son kiosque, le marchand de journaux levait et baissait la tête, ouvrait et fermait la bouche devant une personne qui tendait le bras et qui, de la main, happait un magazine avant de disparaître.

La fleuriste, dont la jupe écossaise et le chemisier blanc étaient recouverts d'une longue blouse bleue, apparaissait, à intervalles réguliers, sur le pas de sa porte et s'en éloignait d'un peu plus d'un mètre lorsqu'elle portait de larges et lourds récipients. Elle avançait à petits pas jusqu'aux plantes alignées devant la boutique et là, elle penchait le haut de son corps. La courbe de son dos était semblable à celle de l'anse des arrosoirs. Et l'eau, en de multiples filets convexes, rafraîchissait les fleurs. Plus loin, à travers les reflets de la vitrine, je distinguais une forme blanche toujours en mouvement. C'était la boulangère qui répétait à l'infini les mêmes gestes. Elle tournait le tronc d'un quart de tour sur la droite, saisissait un pain, le posait sur le comptoir et sa main gauche s'ouvrait pour recevoir quelques pièces de monnaie qu'elle plaçait aussitôt dans un tiroir. Et elle recommençait. En une heure, j'avais compté qu'elle avait agi ainsi quatre-vingt-treize fois. Seul le clochard était immobile. Il était allongé sur le banc situé devant l'épicerie dont le rideau métallique était baissé.

Après avoir regardé une nouvelle fois le cadran de sa montre à gousset, Jo, sur les ondes radio qui reliaient toutes les voitures du dispositif, a demandé l'heure.

C'était la fin de l'après-midi.

Les enfants sortaient des écoles. René et Marcel étaient toujours à l'intérieur des Nouvelles Messageries de la Presse parisienne. Henri, lui, restait droit derrière le volant de la voiture. Et puis, une pluie fine s'est mise à tomber. En quelques minutes les images que je contemplais depuis si longtemps ont changé. Le bas des façades et le bitume se sont assombris. Les vitrines qui bordaient l'avenue ont d'abord clignoté puis les lumières blanches des tubes de néon se sont stabilisées. Des femmes ont ouvert leurs parapluies et les hommes, qui marchaient au milieu du trottoir, se sont rapprochés des murs des immeubles et ont accéléré le pas. Les éclairages électriques me permettaient de distinguer le visage de la fleuriste, la coiffure ondulée de la boulangère et le teint rougeaud du bistrotier. Le clochard, toujours allongé sur le banc, avait disparu sous un grand plastique bleu que la pluie faisait briller.

Le soir venant, l'une après l'autre, les grosses ampoules couleur orange des réverbères s'allumaient et permettaient de distinguer la bruine poussée par le vent. René et Marcel sortirent enfin de l'immeuble. Marcel tenait un sac noir dans sa main droite. Après deux ou trois secondes d'hésitation, les deux hommes traversèrent la rue. Ils allaient rejoindre Henri qui les avait aperçus et avait mis le moteur de la voiture en marche. Par la radio, Jo a alors donné l'ordre d'intervenir : « À tout le dispositif, on saute ! » Tout est allé très vite. Une voiture de police banalisée a foncé sur celle conduite par Henri. Le choc a été violent. Déjà, un de mes collègues était sur le chauffeur et, l'arme à la main, il a hurlé : « Bouge pas ! Bouge pas ! » Henri semblait paralysé de surprise et de peur. Dans le même temps, René et Marcel, qui étaient encore au milieu de la rue, ont reçu des coups de crosse sur la tête. Marcel s'agenouilla puis s'effondra. Le sang coulait dans son cou. René s'échappa. Il courait un revolver à la main. J'entendis : « Arrête mec ou je te flingue ! » Un coup de feu éclata. René s'immobilisa aussitôt, jeta son arme et se coucha sur la chaussée. Jo et Kao sont arrivés sur lui et l'ont menotté dans le dos. René, soixante-deux ans, n'avait pas parcouru plus de vingt mètres.

Le sac de plastique bleu était tombé du banc et, autour de lui, il y avait une sorte de cohue. Des gens vociféraient. Certains d'entre eux montraient du doigt l'entrée de l'immeuble des Nouvelles Messageries de la Presse parisienne. Intrigué par ce mouvement de colère spontanée, je descendis de la camionnette et avançai vers le groupe. Un vieil homme tournait en rond et priait Dieu. Une femme s'indignait que les pompiers ne soient pas encore là. Une autre demandait à un passant s'il était médecin. Je m'approchai. L'eau de pluie dégoulinait dans les plis raides du sac de plastique bleu et se mélangeait au sang qui gouttait sur le trottoir. Une balle avait atteint la tête du clochard. La mâchoire droite avait éclaté.

Jo regarda l'inconnu et dit : « C'est une belle fin pour un clodo ! Bon, nous avons des rapports à faire. »

Nous avions séparé les trois voyous. Chacun, menotté dans le dos, était assis à l'arrière d'une de nos voitures. Henri prononçait des mots qui n'avaient pas de sens précis. Il disait que c'était fini, qu'il n'existait plus, que s'il avait su il se serait flingué. Il répétait : « Mon temps est révolu. » René restait silencieux. Il me regardait. Il nous haïssait. Jo demanda à Marcel où était l'argent. Et Marcel répondit qu'il n'y avait pas d'argent. Alors, Jo l'insulta et le gifla.

« On n'a pas pris de fric, on n'a pas pris de fric », répétait Marcel.

« Qu'est-ce que vous avez fait dans l'immeuble ? »

Marcel baissa la tête et finit par avouer : « On a eu peur. Quand on est entrés dans les Messageries les employés étaient déjà allumés au petit blanc sec, on s'est dit qu'il allait y avoir de la casse. Du coup, on s'est réfugiés au quatrième étage, dans un grenier, et on a attendu que l'agitation se calme. Voilà, c'est tout. On s'est dégonflés. »

C'était vrai.

Le lendemain matin, je m'assis devant ma machine à écrire et rédigeai le rapport d'intervention. Je le débutai par l'identité des trois hommes interpellés. Marcel avait cinquante-neuf ans, Henri soixante-quatre et René soixante-deux. J'avais consulté les archives pour cerner leurs personnalités. C'étaient trois vieux voyous, tous condamnés, pour la première fois, il y a trente-trois ans. Ils s'étaient connus dans l'enceinte d'un tribunal correctionnel à l'époque où des Français défilaient encore devant des juges pour avoir fait du marché noir durant l'Occupation. Ils ne s'étaient jamais quittés. Ils avaient trimbalé leur jeunesse dans les quartiers chauds de la capitale et passé leur vie à tenter. Tenter le proxénétisme, la cambriole, le trafic de faux papiers et de fausse monnaie, le maquillage de voitures et même de tenir un restaurant. Ils avaient toujours échoué. Marcel, René et Henri n'avaient jamais rien réussi mais, depuis toujours, ils faisaient semblant. Ils rêvaient d'être truands. Ils avaient espéré une dernière fois avec cette tentative de braquage. Et celui-ci avait été pareil à tous les autres : raté. Ils s'étaient dit que ce serait leur dernier coup. Pour la première fois, ils ne s'étaient pas trompés. C'était bien leur dernier coup !

Je justifiai ensuite le coup de feu et par conséquent la mort du clochard. J'employai les expressions consacrées à ce genre de situation et écrivis les mots « légitime défense », « danger », « réplique immédiate » et qualifiai le mort d'« inconnu de nos services » et de « sans domicile fixe ».

Le rapport faisait quarante-deux lignes et porta la signature de Jo, le chef de groupe, avec la mention « transmis à M. le Commissaire divisionnaire, chef de la brigade de recherche et d'intervention ».

L'affaire des Nouvelles Messageries de la Presse parisienne était close.

CHAPITRE X

Un matin, dès mon réveil, j'ai eu le sentiment que rien n'était plus pareil. Tout, autour de moi, avait changé. Je ne reconnaissais plus les objets familiers. L'appartement, avec ses murs et son plafond noirs, m'était étranger. Pourtant, la veille, avant de m'endormir, il était encore mon chez-moi.

Chaque jour je cherchais à être un peu plus seul.

Je ne pouvais donner aucune raison à mon besoin d'isolement. Je savais seulement que je rejetais tout ce qui était extérieur et n'avais plus envie de me mêler aux gens. Je regardais les choses et les mœurs de la communauté humaine, mais je refusais de participer à la comédie de la vie sociale. Je ne vivais pas pour voler le savoir des autres, piller leurs expériences et m'en délecter ou m'en moquer. Je me comportais tel un scientifique qui, seul dans son laboratoire, observe l'activité de cellules qui se multiplient, se bousculent, se dévorent sous le microscope. Ma seule préoccupation était d'observer les êtres pour tenter de comprendre le fonctionnement du monde. Cette ambition m'interdisait toute limite. Et si un barrage se dressait devant moi, je le contournais, le sautais, le brisais.

Je n'avais qu'un seul but : partir aussi loin que mes forces me le permettraient. Cette idée devenait jour et nuit une véritable obsession. Ma volonté de solitude était plus dictée par le besoin de liberté totale, seule condition à la réussite de mon projet, que par le désir de vivre au fond d'une thébaïde. D'ailleurs, je n'avais pas d'amis et n'en désirais point. Il était donc impératif que je m'éloigne de tout et que je rompe avec le passé jusqu'à oublier d'où je venais et donc qui j'étais.

Des circonstances paradoxales m'aidèrent à continuer le voyage. Un soir, je traînais mon ennui. Je marchais dans une rue proche de la Bastille et passai devant un bar connu pour ses fêtes nocturnes. Un lieu fréquenté par le Tout-Paris. Sur le pas de la porte se tenait un homme, les bras croisés. Il filtrait les entrées. C'était Serge, un camarade d'enfance. Il me reconnut et m'interpella par un vigoureux : « Hé, pays ! » Après une seconde de trouble, je retrouvai son sourire et son regard pétillant. Serge, après les inévitables paroles convenues entre deux personnes qui se sont perdues de vue depuis des années, m'invita à pénétrer dans le bar et m'entraîna au fond de la salle jusqu'à une table ronde isolée des autres clients. Elle était réservée aux hôtes du patron. Neuf personnes y riaient, buvaient et s'esclaffaient sur la chute de la dernière histoire drôle qui courait Paris. Je les reconnus tous pour les avoir vus sur des pages de magazines ou des affiches de cinéma. Il y avait un ministre, deux acteurs, un chanteur populaire, un sculpteur, un écrivain célèbre, un patron d'une boîte de nuit à la mode, un avocat réputé et un présentateur vedette du journal télévisé. Serge me présenta comme son ami d'enfance et expliqua à tous que le hasard venait de nous offrir ces retrouvailles. Nous en avions des choses à nous rappeler ! Si le temps a des vertus il est aussi injuste. Je réalisai que j'avais oublié celui qui avait été mon seul ami d'enfance. J'éprouvai d'un coup une sorte de culpabilité à son égard.

Nous habitions à Abbeville un bâtiment de briques rouges coupé par un mur intérieur. C'étaient deux maisons aménagées dans une unique bâtisse. La cour commune favorisait nos rencontres. Nous nous y retrouvions chaque jour, à l'heure du goûter, dès le retour de l'école. Tandis que Serge me parlait, je me souvenais des longs moments complices que nous avions partagés. De nos découvertes de gosses et de nos éveils d'adolescents. Serge était maintenant un homme grand et fort, presque puissant. Il ne correspondait plus à l'image que j'avais gardée de l'enfant autrefois si fluet. Il avait jadis exprimé tant de tendresse et d'attention à mon égard ! J'étais honteux d'avoir gommé ces souvenirs d'autant qu'il m'avait enseigné alors l'indifférence, seul antidote à la haine. Serge entendait les hurlements de ma mère qui, tous les jours, me reprochait d'être venu au monde et me cognait jusqu'au sang. Il était effrayé mais surmontait sa peur. Dès qu'il entendait les cris, il enjambait le grillage, grimpait sur le rebord de la fenêtre et se hissait jusque dans la chambre où je me réfugiais. Je pleurais et lui, silencieux, caressait mes cheveux. Je revoyais ses gestes si souvent répétés. Serge tamponnait délicatement les plaies, appliquait de la crème d'arnica sur les bosses et méchait mon nez qui saignait. Parfois, dans des moments plus calmes, il me disait que, une fois émancipés, nous partirions, ensemble, dans des pays lointains.

Vingt années étaient passées. Nous avions emprunté des chemins différents. Ce soir, ils se croisaient de nouveau. J'appris que Serge et son compagnon — qu'il me présenta — avaient acheté six mois auparavant cet établissement en vogue. Ma présence inattendue relança la fête. Nos retrouvailles devinrent, pour ses amis, le prétexte à ouvrir d'autres bouteilles de champagne, à terminer la nuit ailleurs, dans une de ces boîtes de nuit qui font la mode parisienne et dont j'ignorais alors les noms et l'existence.

Je cherchais à détecter la moindre chose sérieuse qui liait tous ces gens entre eux. Mais leurs conversations restaient frivoles. J'étais un peu déçu. Éric, la vedette de la télévision du moment, souriait de mon ignorance. Il fut le seul à saisir mon attente et à deviner mon état d'esprit. Plus tard, j'appris, par l'amitié qu'il me donna, que le rapport des hommes entre eux était plus simple que je ne le croyais.

Ce soir-là, Éric prononça une phrase que je ne compris pas immédiatement, mais qui me revint lorsqu'il disparut pour toujours : « Sois toi, oublie d'où tu viens et va là où t'attend la vie ! » Il se mit à rire et ajouta :

« Je me tire. Je vais dire bonjour aux lieux interlopes. En route pour la tournée. » Il se pencha vers moi et me demanda de l'accompagner. J'étais fatigué et devais me lever tôt. Or, il était déjà deux heures et quart. Je n'eus pas le temps d'argumenter sur mon besoin de sommeil. Éric me prit la main et y plaça un comprimé rond et blanc. « Avale ça et tu seras en forme. Le sommeil, c'est pour les gens qui ont le temps. »

Son invite me parut naturelle. J'absorbai le comprimé d'amphétamine avec une gorgée d'alcool et le suivis.

La nuit fut courte. En quelques heures, dans le bruit de musiques jusqu'alors inconnues, je découvris des lieux et des gens, si extravagants, que je ne pensais pas qu'ils puissent exister. Éric me faisait pénétrer dans un univers magique. Illusion gigantesque qui, je le pressentais, était l'antre du Diable. Et cette sensation — plus qu'un sentiment — me réjouissait. J'explorerais ce nouveau monde. Je l'avais décidé.

CHAPITRE XI

Depuis mon arrivée au quai des Orfèvres, les jours passaient au rythme des prises de service, des pauses de midi et du retour à la maison. J'arrivais à la brigade à huit heures. Jo fixait les missions autour d'une tasse de café et, quelques minutes plus tard, nous partions nous planquer devant les domiciles des voyous. Nous déjeunions à la cantine de la Ville de Paris à midi trente et, dès le repas fini, nous reprenions les surveillances et les filatures. À la fin de l'après-midi, Jo, par radio, disait : « On lève le dispositif. » Nous nous séparions jusqu'au lendemain excepté les rares fois où, comme nous le notions sur la feuille qui comptabilisait les heures supplémentaires, nous nous attardions pour des « nécessités de service ». Durant les moments interminables et immobiles des planques à bord des voitures, je découvrais quelques parcelles des vies personnelles de mes collègues.

Le Marquis, passionné de ski, feuilletait chaque soir, seul dans son studio de Neuilly, les pages des magazines spécialisés sur les sports de montagne. Il découpait les photos des champions et les collait, avec soin, dans des albums qu'il ouvrait, en fin de soirée, après le dîner mensuel du club des Petits Chamoisards.

Le Sancerrois avait une maîtresse, une concierge d'un bâtiment de cité de la banlieue est. Son habitude avait, avec le temps, pris la forme d'un rituel. Aux environs de vingt heures, il s'arrêtait chez elle, buvait « l'apéro » et lui « mettait un petit coup » comme il disait avant de rejoindre sa femme et ses trois enfants. Parfois, le Sancerrois, qui « aimait toutes les femmes » et « adorait les ventres », nous racontait ses frasques sexuelles. Il s'amusait de notre intérêt pour ce qu'il appelait le coup du « faux pan-pan ». Sa complice fantasmait sur les flics et les armes. Aussi, lorsqu'elle le lui demandait, il lui enfonçait son Magnum 357 dans le sexe. Il précisait, en homme délicat, qu'il passait le canon de son revolver sous le robinet d'eau chaude de la salle de bains, pour éviter le choc du froid de l'acier. Il faisait cela, le Sancerrois, « parce que sa nana avait la muqueuse fragile et qu'y fallait tout de même pas déconner ».

Nous connaissions tous cette histoire. Il nous la répétait avec les mêmes rires courts et aigus. Un jour, j'accompagnai le Sancerrois chez sa concierge. C'était une femme d'une quarantaine d'années au ventre gonflé, aux seins trop lourds et aux jambes abîmées par les dessins bleus des varices.

Elle parlait avec une voix douce et s'excusait tout le temps comme si elle voulait anticiper les reproches de son amant. « Pardonnez-moi si la table n'est pas débarrassée ; excusez-moi si les enfants ne sont pas couchés (elle avait deux garçons et quatre filles) ; je suis désolée mais je n'ai pas fait les courses et je ne peux vous offrir que du pastis... »

Elle se pliait presque en deux en disant cela. C'était, sans doute, sa façon d'effacer sa présence qui, pensait-elle, nous dérangeait. Le Sancerrois ne me quittait pas des yeux. Il cherchait l'esquisse d'un sourire, un frémissement des lèvres qui lui aurait montré ma complicité de mâle. Je restai silencieux.

Poussin vivait chez ses parents et gérait ses économies pour « plus tard ».

Kao arrondissait les fins de mois en faisant le coup de poing dans une société de recouvrement de dettes. Il voulait m'entraîner dans son activité et, pour me convaincre, il affirmait que « c'était vite fait, bien payé et amusant ».

Jo ne me parla jamais de lui sauf le jour où, à la fin d'un déjeuner il murmura : « La vie est une salle d'attente. » Il avait prononcé cette phrase, la tête baissée, le nez dans la tasse de café qu'il avait claquée sur le Formica de la table. Il protégeait ses douleurs.

Je n'imaginais pas continuer mon voyage avec de tels compagnons. Ils n'aimaient pas la vie. Ils étaient trop policiers.

Je prenais la dimension de mes contradictions. Depuis ma rencontre avec Éric, le rythme de ma vie s'était accéléré. Grâce aux excitants chimiques, je dormais peu et avais presque oublié ce qu'était le besoin de sommeil. Tout allait vite. J'étais un homme pressé, avide de tout dévorer. Jamais, jusqu'ici, je n'avais lu avec une telle facilité, visité autant de musées et d'expositions. La nuit je sortais jusqu'à point d'heure et découvrais l'existence avec passion. En revanche mon travail me paraissait morne.

La routine s'était installée, la force des habitudes me rendait apathique. J'avais presque oublié JB que je n'avais pas rencontré depuis plusieurs semaines. D'ailleurs, j'avais tout oublié, même la raison qui m'avait, à la fin d'un mois d'octobre, fait entrer à l'école de police. La police avait perdu le pouvoir de me transporter dans des mondes d'aventures et de lointain.

J'avais le sentiment que la flicaille ne pouvait plus répondre à mon désir d'aller jusque dans les ténèbres. J'étais devenu un jeune flic désabusé, happé par l'ennui. Les moments passés dans le bar de Mme Martin n'étaient plus que de vagues images et les odeurs de l'opium s'étaient évaporées. Tout n'était que souvenirs. J'avais voulu aller à l'antigang pour, croyais-je, violer l'inaccessible et je me trouvais membre d'un groupe de fonctionnaires dont la seule ambition était de rentrer chez eux, à l'heure de l'apéritif. Je devais quitter la police. Cette idée frayait discrètement son chemin en moi. Elle se développa sans pour cela prendre effet puisque la décision finale me fut soufflée par les flics eux-mêmes.

Un matin, alors que je broyais du noir à l'idée de prendre mon service, le téléphone sonna. C'était JB. Il commença par se plaindre de mon abandon, puis il gémit sur son sort de truand. Les affaires n'étaient pas bonnes, disait-il. Il me confia ses embrouilles avec un proxénète et demanda à me voir.

Le soir même, je retrouvai JB égal à lui-même dans un bar de la rue de Ponthieu. Il avait débarqué dans une limousine aux vitres teintées, une voiture volée et maquillée, avait réajusté sa chemise de soie noire et tiré les revers de sa veste d'alpaga de la même couleur.

JB s'assit à côté de moi. Une attitude inhabituelle chez lui. Dans tous les lieux publics, je le voyais toujours s'installer le dos au mur, face à la porte d'entrée. Un jour je l'interrogeai sur cette manie et JB me répondit : « Je veux voir le visage du salopard qui viendra me flinguer. » Il avait dit cela sans émotion particulière. Simple constat de la vie. La sienne. Celle d'un voyou qui, à l'instar de tout homme, était né pour mourir. Lui pensait disparaître sous le feu d'une arme automatique. Seule petite différence avec le commun des mortels. En tout cas, ce soir-là, JB tournait le dos à la porte du bistrot. Un signe qui me fit penser qu'il était perturbé. Après avoir commandé au garçon un double whisky sans glace, il me prit le bras, le tira vers lui et me murmura à l'oreille : « J'ai besoin de toi, pour un service. » L'occasion était venue de faire de lui mon indicateur.

Je l'écoutai débiter son histoire. Il parlait vite et ne finissait pas ses phrases. Parfois même, signe d'agacement, il bégayait. JB me racontait ses tourments de voyou.

Depuis quelques semaines, il avait jeté son dévolu

sur une jeune femme d'une trentaine d'années rencontrée un soir chez l'un de ses amis. Elle se prostituait sur les Champs-Élysées sous la protection d'un julot qui finissait une peine de dix-huit mois de prison. JB avait séduit cette fille brune à l'allure enfantine dont les joues creuses semblaient collées aux mâchoires. Le trait du crayon gras étirait le dessin des cils et intensifiait le noir des yeux, des cheveux auburn caressaient le haut de ses épaules et, sous la lumière électrique, cernaient l'ovale du visage de reflets roux. Lorsque je l'ai rencontrée, elle portait une jupe de tissu blanc coupé court et son corsage écarlate laissait voir deux petits seins ronds dont les bouts, bruns, piquaient la soie. Sa frimousse exprimait à la fois la tristesse d'une adolescente et la fatigue d'une vieille dame déçue de son vécu. Sa voix douce, pourtant aiguë, ajoutait un peu de fragilité. Elle donnait l'image d'une Cosette exploitée par un Thénardier pornographe. Elle s'appelait Marie. Elle était le souci de JB.

Si JB avait le béguin pour elle il n'en était pas pour autant amoureux. Elle était pour lui une marchandise dont le rapport qualité-prix méritait un investissement. Marie qui tapinait depuis déjà quatre ans en « pinçait » pour JB. Il ne lui était donc pas difficile de jouer l'amoureux compréhensif, d'être l'homme de sa vie qui, un jour, la retirerait du trottoir pour, avec elle, ouvrir un commerce loin de Paris. En attendant, Marie confiait ses revenus à JB qui plaçait et gérait l'argent. Scénario classique du proxénète moderne qui a compris que l'amour favorise l'escroquerie. Mais il y avait l'ancien jules qui, sorti de prison, avait repris sa place auprès de Marie. C'était un sérieux barrage aux projets romantico-économiques de JB.

J'étais donc l'homme de la situation qui pouvait, d'un coup de téléphone, gommer la difficulté. C'était simple et de pratique courante dans le monde policier. Mais un service en valait un autre et JB le savait. Alors, il s'approcha plus près de moi et me souffla qu'il avait une bonne affaire à me donner. Il continua à parler doucement et finit par prononcer le mot « braquage ». Il ajouta qu'il s'agissait d'une belle équipe de mecs dont un était en cavale depuis deux ans. Je n'avais pas besoin d'explications supplémentaires. Le contrat était simple : j'intervenais dans la vie personnelle de JB qui, en contrepartie, m'offrait un « flagrant délit » de vol à main armée.

Le lendemain matin, à peine arrivé à la brigade, je pris contact avec un collègue de ma promotion d'officier, affecté dans un service de police judiciaire de quartier, celui où habitait Marie et son compagnon et, sans entrer dans les détails, lui donnai les informations suffisantes pour interpeller l'ex-taulard, proxénète et concurrent de JB. Le « julot casse-croûte » est une marchandise toujours appréciée par les fonctionnaires de la police judiciaire. Cette appellation vient de ce que les flics, à chaque arrestation d'un maquereau, touchent une prime forfaitaire dont le montant leur permet tout juste d'acheter un sandwich. Quelques policiers, bien organisés, réussissent toutefois à grouper les interpellations de « proxos » sur un seul mois afin de se payer, aux frais de l'administration, un repas dans leur restaurant préféré.

Mon offre fut donc bien reçue et contribua au bon esprit de solidarité policière. Chacun y trouvait d'autant plus son compte que les flics, entre eux, ne sont pas curieux. Je précisai seulement que le mac de Marie devait « tomber » vite. Le message fut bien reçu et, deux jours plus tard, au petit matin, il était arrêté pour proxénétisme avec, en prime, une inculpation de détention d'arme puisque cet imprudent possédait un calibre de neuf millimètres. Ses condamnations antérieures aidant, le tribunal lui infligea trois ans de prison ferme. JB pouvait désormais jouer les amoureux et encaisser en toute quiétude la recette quotidienne de Marie.

CHAPITRE XII

Les flics sont semblables aux chasseurs. Ils aiment les battues, les traques, les embuscades et s'excitent à l'approche de la curée. Nous étions les seigneurs du « 36 » qui se préparaient à chasser le « braco ».

Au sein du groupe, l'ambiance était joyeuse. Tous les flics du service étaient heureux d'autant que, depuis quelques mois, la brigade ne brillait pas par ses réussites. L'affaire balancée par JB mobilisait les énergies dans un climat proche de l'euphorie. J'étais le fonctionnaire chéri du patron qui, angoissé par un possible échec, se prêtait volontiers à toutes les surenchères que nous lui imposions. J'obtins ainsi pour JB un papier timbré du sceau officiel de la direction de la police judiciaire qui invitait, « en cas d'interpellation du porteur de ce document, tous les fonctionnaires de police à contacter le Commissaire de police, chef de l'antigang ».

Jo qui, depuis seize mois, réclamait une voiture supplémentaire vit sa demande enfin satisfaite. Une prime exceptionnelle, pour les heures de nuit passées à surveiller nos braqueurs, nous fut versée.

J'avais pris la dimension de mon importance temporaire au sein de la brigade et m'en amusais. C'était le branle-bas de combat. Les meubles du bureau étaient déplacés pour que Jo, installé au centre de la pièce, puisse jouer au chef d'état-major. Le Marquis examinait les archives et levait les bras en signe de victoire chaque fois qu'il découvrait une information sur nos clients. Le Sancerrois s'occupait des écoutes téléphoniques. Kao et Poussin surveillaient les allées et venues de nos proies.

Le chef de bande avait trente-trois ans et s'était évadé de la centrale de Muret, prison où il effectuait une peine de vingt ans de réclusion pour attaque à main armée avec prise d'otages. Il se nommait Lucien Canetto. Son complice s'appelait Jean Boulanger, alias « Jeannot la Pince », depuis que sa main gauche, tranchée à la tronçonneuse par des membres d'un cartel colombien, avait été remplacée par une prothèse. Et puis, il y avait un certain Juan, un restaurateur fasciné par les voyous. Cet homme jeune, un peu paumé, possédait une pizzeria dans une ville côtière de l'Atlantique. Juan passait son temps à voyager entre son domicile et Paris. Contact direct de JB, il ignorait qu'il était notre indicateur par procuration.

Les lignes téléphoniques de l'appartement de Canetto, de Jeannot la Pince et des deux bars fréquentés le soir par les deux hommes étaient branchées. Quant à moi, j'avais pour mission de passer le plus de temps possible aux côtés de JB. Censé l'accompagner partout, je devais transmettre, sitôt obtenu, le moindre renseignement à Jo. Je négligeais ces consignes pour profiter de ma liberté d'action. Ainsi, après des nuits de plus en plus tumultueuses, je dormais le jour. De toute façon, je savais que JB me rapporterait tout ce qui concernait Canetto et Jeannot la Pince. Mais JB était prudent. Il connaissait les risques d'une telle manipulation et refusait de faire pression sur Juan, sachant que Canetto le prenait pour un cave et se méfiait de lui. Un mot, fût-il anodin, pouvait éveiller les soupçons du truand.

Je passais à la brigade en fin d'après-midi et rendais compte au groupe des informations recueillies. J'en profitais pour lire les synthèses des surveillances et des écoutes téléphoniques.

Canetto avait une vie régulière qui ne ressemblait pas à celle d'un braqueur de banque. Amoureux, il téléphonait trois ou quatre fois par jour à une femme qui habitait Marseille. Les conversations étaient celles d'un couple qui s'aimait, malheureux d'être séparé. Canetto racontait à sa compagne ses journées qu'il occupait à regarder la télévision. Il ne parlait pas d'éventuel hold-up sauf une fois où, avec prudence, il laissa échapper qu'il avait besoin d'argent et « qu'il cherchait une bonne affaire à taper ». Jeannot la Pince arrivait chez lui sur les coups de quatorze heures et les deux hommes restaient dans l'appartement jusqu'à la tombée de la nuit. Ensuite, au volant d'une limousine décapotable, ils allaient dans leurs bars habituels, y dînaient et se séparaient. Ce scénario durait depuis onze jours. Jo s'impatientait. Le patron aussi qui, lorsqu'il me rencontrait dans le couloir, m'interpellait : « Alors, vous me le bousculez votre indic ? Canetto doit y aller au braquage. Démerdez-vous ! »

Au quatorzième jour de surveillance, nous apprîmes que la femme de Canetto se prénommait Françoise et qu'elle venait le rejoindre à Paris. Des retrouvailles fêtées le soir même par un souper préparé par la maîtresse de maison. Juan était présent à ce repas. Le lendemain, JB m'apprit que Canetto ne connaissait pas suffisamment le milieu parisien pour se faire indiquer un coup. Il sortait peu par crainte d'être interpellé mais cherchait des armes. Ces informations redonnèrent le moral aux troupes. Le temps c'est de l'argent et les poulets n'échappaient pas à cet adage. Jo décida donc d'aider, un peu, Canetto dans son projet.

La plupart d'entre nous possédions au moins un pistolet ou un revolver ou un fusil à pompe, des armes récupérées lors de perquisitions et qui, jamais, n'avaient été saisies et mises sous scellés. Une artillerie précieusement gardée dans les placards et sortie seulement pour les grandes occasions. Il s'agissait d'une précaution ou plutôt d'une recommandation du patron de la brigade qui, en son temps, avait eu à gérer la mort d'un avocat. « Une bavure », avait dit le commissaire divisionnaire aux journalistes. C'était la première fois que ce mot avait été employé pour justifier une intervention de police ayant mal tourné. Le maître du barreau, un parfait honnête homme, avait eu le malheur de s'asseoir à côté de trois truands recherchés et avait été tué d'une balle en pleine tête. Depuis, ce commissaire divisionnaire, un homme méthodique et froid, avait fait comprendre à ses fonctionnaires la nécessaire obligation de porter une arme supplémentaire non répertoriée qui, en cas de bavure, pourrait être placée, discrètement, à côté de la victime. Une façon originale d'établir, *a posteriori*, la légitime défense !

Nous décidâmes, que le vieux calibre — un trente-huit Sprinfield — conservé par le Sancerrois et le fusil à canon scié gardé par Jo conviendraient pour Canetto et son complice. Les armes et leurs munitions me furent confiées pour que je les donne à JB qui, lui-même, les transmettrait à Juan. Ce dernier, heureux de se valoriser aux yeux de son ami Canetto, les lui remettrait contre quelques billets.

Nous espérions ne plus avoir à attendre longtemps le passage à l'action. C'était mal connaître Canetto. Il se refusait à monter au braquage pour des peccadilles et cherchait une affaire qui lui rapporterait de quoi acheter un bar sur la Côte d'Azur. Canetto tenait à assurer les vieux jours de Françoise et voyait dans ce placement une source de revenus bien utile dans sa situation. Nous savions à la brigade que les banques ne conservaient plus beaucoup d'argent dans leurs coffres. Quant aux entreprises ou aux particuliers qui possédaient des liquidités importantes, le secret était bien gardé. Autrement dit, une information aussi rare se payait cher dans le milieu. Nous ne voulions plus attendre.

Jo me chargea de contacter JB pour lui suggérer fermement de rencontrer Canetto. Les explications n'étaient pas nécessaires. JB était conscient qu'en s'engageant avec nous dans cette histoire, il était pieds et poings liés. Il n'avait pas le choix. Un refus de sa part et Jo me demanderait les liens qui nous unissaient. Je commettais une seule indiscrétion et JB tombait, au mieux pour proxénétisme, au pire pour meurtre. JB, par je ne sais quel artifice verbal, convainquit Juan de la nécessité d'une entrevue avec Canetto. Après tout, JB avait des références : il appartenait à la voyoucratie. C'était un atout. Canetto ne tarda pas à accepter la proposition. Il voyait dans ce contact l'occasion d'être introduit dans le milieu parisien.

La rencontre se fit dans un grand hôtel du boulevard Raspail. Un lieu assez vaste, aux sorties nombreuses, rendant difficiles les surveillances et permettant, en cas d'urgence, de prendre la fuite. D'ailleurs, nous décidâmes de ne pas nous rendre au rendez-vous et de laisser JB trahir en toute tranquillité. Il connaissait sa leçon par cœur.

Dès le lendemain, Lucien Canetto bouscula ses habitudes. Jeannot la Pince, contrairement aux autres jours, ne monta pas à l'appartement. Canetto l'attendait sur le pas de la porte. Jeannot resta quelques secondes en double file, le temps pour Canetto d'ouvrir la portière et de s'asseoir sur le siège avant droit. Des collègues les prirent en filature et se firent plaisir en tenant au courant, par radio, le reste du groupe cantonné au bureau du 36 quai des Orfèvres. Poussin et Kao jubilaient d'annoncer, par avance, les noms des rues qu'allaient emprunter Canetto et Jeannot la Pince. Ils anticipaient sur les changements de direction et se complimentèrent lorsque le chauffeur s'engagea dans l'avenue qui rejoignait le boulevard périphérique. C'était le bon chemin.

Une demi-heure plus tard, lorsque la voiture quitta l'autoroute du nord pour se diriger dans la zone industrielle, ils ne se tenaient plus. Ils firent presque éclater la membrane du haut-parleur quand la limousine de Jeannot la Pince s'arrêta à une centaine de mètres de la banque.

Canetto avait mordu à l'hameçon. JB lui avait indiqué un établissement financier fort prisé par les grands groupes de transports internationaux. Installé au premier étage d'un entrepôt, au centre d'une zone industrielle, cette société bancaire avait la réputation de brasser beaucoup de liquidités et, surtout, de les garder dans un coffre ouvert, chaque jour, à quatorze heures, une dizaine de minutes avant le ramassage des fonds.

Canetto descendit de la voiture, passa trois fois devant la banque et fit le tour du groupe des bâtiments. C'était manifeste : il repérait les lieux. Jeannot la Pince mit le moteur en route, avança lentement jusqu'au niveau de son ami qui remonta dans le véhicule pour rejoindre Paris.

Durant trois jours, nous assistâmes au même manège. Mais, à chaque visite, Canetto s'attardait un peu plus. Nous le vîmes même monter l'escalier qui conduisait à la porte d'entrée de la banque et redescendre en regardant sa montre.

Nous avions analysé, grâce aux archives, la réputation de Canetto. Il était un homme calculateur, prudent, méthodique. Canetto était un braqueur qui mesurait les risques et ne laissait rien au hasard. Nous supportions difficilement son luxe de précautions. Nous attendions le passage à l'acte. Avec le temps, nous en doutions de plus en plus. Canetto attaquerait-il la banque ? Nous pensions parfois qu'il y renoncerait. Lors de conversations téléphoniques, il confiait à Jeannot ses doutes : « Je taperai à coup sûr, je ne retournerai pas en prison et ne me laisserai pas arrêter. »

Les propos de Canetto nous laissaient perplexes. Soit toute cette opération avait été mise en place pour rien, soit son arrestation en flagrant délit risquait d'être mouvementée et dangereuse. Aucune des deux solutions envisagées ne nous convenait. À ma demande, JB usa donc de tout son poids pour convaincre Canetto. Il lui téléphona plusieurs jours durant pour lui demander où en était l'affaire. Une démarche ordinaire puisque JB, comme il était de coutume, devait, pour avoir indiqué le coup, toucher dix pour cent du butin.

Il se renseignait aussi auprès de Juan sur l'état d'esprit du braqueur et lui laissait entendre que si son pote Canetto renonçait, c'était lui qu'il mettrait à l'amende. D'autant, ajoutait JB, qu'un coup comme celui-ci serait fort prisé par des équipes un peu plus déterminées que ce Canetto ! Juan, du coup, qui n'avait pas les épaules bien solides paniquait et faisait pression sur son ami en cavale.

Il y avait maintenant un mois que la brigade était

mobilisée mais le patron de l'antigang, avide de succès qui, s'ils étaient bien gérés dans la presse, favorisaient sa carrière, laissait le dispositif en place. Je conservais l'avantage de cette mesure puisque, censé tenir compagnie à JB, je profitais de la situation pour explorer mes nouvelles découvertes. Je faisais la fête dès le soir venu et côtoyais maintenant des sculpteurs, des peintres, des philosophes, quelques repentis du terrorisme italien, un danseur étoile de l'Opéra et croisais des hommes politiques dissimulés dans les clairs-obscurs électriques des discothèques à la mode.

J'aimais leur compagnie mais ignorais pourquoi. Était-ce parce qu'ils étaient connus ? Était-ce parce que, dévorant la vie d'une telle façon, ils me donnaient le sentiment d'avoir peur du temps, tout comme moi ? Je n'avais pas de réponse. Bien qu'ébloui, je me préservais, m'interdisais d'oublier mes origines pour ne pas franchir le seuil d'une société qui, toujours, me serait inaccessible.

J'appartenais, simplement, à un groupe de copains et partageais, avec eux, les mêmes angoisses. Et puis, ils m'invitaient à regarder le monde autrement, en tout cas d'une façon différente de celle qui, depuis mon enfance, m'avait été donnée par un père, conducteur de machines à vapeur, persuadé que l'horizon était une ligne de graisse noire enveloppée de poussières de charbon.

Mon vieux m'avait appris ce qu'il savait : la sueur est pour les ouvriers la seule valeur universelle. Comment aurait-il pu savoir, lorsqu'il combattait pour défendre son monde au sein des Francs-Tireurs et Partisans, qu'il en existait d'autres différents du sien ? En pensant à lui, je prenais conscience du privilège que le hasard d'une rencontre m'avait offert.

Aujourd'hui, je jouais à vivre ! J'avais la tête dans le fabuleux et les pieds dans la police.

À peine rentré chez moi, après une nuit d'expérience à la cocaïne, je m'étais abandonné, sans me déshabiller, sur le lit. La sonnerie du téléphone me réveilla à onze heures du matin. JB hurlait dans le combiné. Il fallait qu'il me voie tout de suite. Il me fixa rendez-vous au bas de mon immeuble. Là, JB me fit part de la nouvelle exigence de Canetto.

La situation devenait fantaisiste : après lui avoir donné l'adresse d'une banque, indiqué l'heure de l'ouverture des coffres, procuré deux armes et des munitions, voici qu'il demandait une voiture pour commettre le hold-up. Je restais pantois tout en n'étant pas surpris par l'attitude du truand. Elle avait sa logique. Prudent, il évitait de sortir dans Paris.

J'étais persuadé que nous, les poulets, allions lui offrir la bagnole ! Je ne me trompais pas. À peine avais-je confié à Jo la requête de Canetto, qu'il me chargeait de trouver le carrosse. Deux heures plus tard, je me promenais, en compagnie d'un indicateur, dans les sous-sols d'une tour du quartier de la Défense. Il nous fallut cinq tentatives pour ouvrir une portière, nous pencher sur le siège et, allongés sous le volant, dénuder les fils de contact et les brancher pour démarrer un véhicule puissant. JB, hilare, me laissa conduire et m'indiqua l'endroit où nous devions le déposer. Un peu plus tard, je garai la voiture dans un box loué par Jeannot la Pince et proche d'environ cinq cents mètres de la banque. Nous rentrâmes à Paris en taxi.

Il n'y a pas de confidences anodines.

Un jour où il faisait froid, Lucien Canetto enfila, devant Juan et Jeannot, un grand gilet boutonné de laine blanche et leur précisa que ce vêtement lui portait bonheur. Pourquoi ce détail avait-il marqué le petit restaurateur de province ? Il avait peut-être perçu dans cette confidence un signe d'amitié. Ce fut, sans doute, la raison pour laquelle il en parla à JB qui nous le rapporta.

Nous étions à la veille du dénouement. Une conversation téléphonique nous apprit que Canetto était prêt. Il donnait rendez-vous à Jeannot le lendemain matin. L'heure était inhabituelle. Avant de raccrocher le téléphone, il avait précisé : « N'oublie pas les cagoules. »

Tout le monde se réjouissait de ces informations. Mes collègues se comportaient comme des gamins à la veille des grandes vacances. Nous nous retrouvâmes tous à l'aube.

Il était cinq heures. Jo fit le café et expliqua le dispositif, renforcé en la circonstance, d'un autre groupe de la brigade. Quatre voitures légères, deux motos, une camionnette et un break étaient prévus pour l'opération. Une heure et demie plus tard, nous partions tous vers ce que nous appelions l'objectif.

Chaque flic avait sa place et son rôle. Jo et le Sancerrois, installés dans le « sous-marin » équipé d'appareils photographiques, d'une vidéo et d'un système codé de transmission, se tenaient à bonne distance de la banque. Les deux motards devaient, en cas de fuite, poursuivre les truands. Les autres poulets, éparpillés dans le quartier, certains piétons, d'autres à bord de voitures, attendaient l'ordre d'intervention. Quant à moi, j'étais allongé sur le ventre. Placé à l'arrière d'une vieille guimbarde bâchée à environ vingt mètres de la banque, les yeux rivés sur la lucarne qui séparait la cabine de conduite du plateau arrière, je ne manquais rien du spectacle de la vie ordinaire.

Cette zone industrielle devait être identique à celles implantées aux portes de toutes les villes du monde. Des rues droites, des avenues larges, bordées d'arbustes chétifs, conduisaient à des immeubles préfabriqués de formes rectangulaires et carrées. Des panneaux blancs ou verts, plantés sur ce qui était, autrefois, des pelouses, indiquaient l'emplacement des sociétés de transports. Signalisations mystérieuses faites de sigles et de lettres majuscules dont le sens échappait aux profanes.

Des ouvriers en bleu de travail se rendaient dans les entrepôts, des chefs en blouse blanche discutaient avec des hommes vêtus de pantalons gris et de blazers croisés, des chariots élévateurs chargeaient des caisses en bois dans un camion, des coursiers pressés abandonnaient leur Mobylette ou leur scooter et montaient deux par deux les marches qui conduisaient à une sorte de tour de contrôle, des chauffeurs de semi-remorque se penchaient aux portières et manœuvraient leur engin avec une précision étonnante et, devant moi, se dressait l'établissement financier avec ses clients qui allaient et venaient.

Toute cette agitation était étrange. Nous étions planqués dans des véhicules de police, une arme à la main, prêts à bondir, à nous engager dans une action violente et la vie des docks se déroulait dans le calme et l'indifférence, identique aux autres jours.

Depuis trois heures, les ondes radio étaient silencieuses. Mon corps, engourdi par le froid, m'inspirait quelques réflexions personnelles : mes jambes étaient trop longues, mes épaules trop larges et mon ventre trop rond. Le temps passant, je constatai mon handicap et en conclus que j'avais trop d'ampleur pour rester ainsi coincé dans cette foutue bagnole bâchée.

J'avais décidé d'en sortir quand une voix se fit entendre. C'était le Sancerrois. Il chuchotait près du micro : « Ça y est les mecs, notre client est arrivé. » Lucien Canetto descendit de la voiture volée et se dirigea vers la banque. Pas un flic ne parlait. Tout à coup, j'entendis une détonation. Je reconnus le bruit : l'explosion d'une cartouche de calibre Magnum. Et, presque aussitôt, une voix lâcha à la radio : « Il est mort. »

Je n'avais rien vu et ne comprenais pas. Sitôt dehors, je courus mais ne savais pas où aller. Le coup de feu. C'était de ce côté. Je repris ma course. Derrière un bâtiment en tôle, Lucien Canetto, étendu sur le sol, les jambes écartées, le poing gauche serré, la main droite ouverte, portait son gilet blanc boutonné avec soin.

Je vis tout de suite le trou rond et noir auréolé de rose. La balle avait brûlé le vêtement. Je m'approchai et demandai à mes collègues ce qui s'était passé. L'un d'eux, pâle, me répondit que Canetto était passé à un mètre de lui et avait deviné qu'il était un flic. Tout en montrant l'endroit où il se tenait, mon collègue ajouta : « Je l'ai senti, il avait l'intention de me flinguer alors j'ai tiré. » Après, tout était allé très vite. Jeannot la Pince avait eu juste le temps de refermer la portière. Les inspecteurs s'étaient précipités vers lui, avaient brisé, à coups de crosse de revolver, le pare-brise, l'avaient saisi par les cheveux et traîné au sol. Jeannot, blême, était maintenant immobilisé. L'un des « poulets » lui avait passé une menotte au poignet tandis que l'autre était accrochée à une grille, sorte de portail métallique proche d'où nous étions.

Je regardais Canetto. Son visage était gris, mais d'un gris un peu bleuté, une couleur que je voyais pour la première fois. Ses pupilles avaient disparu et les paupières mi-closes laissaient apparaître la cornée blanche. Les orbites du crâne semblaient abriter des yeux retournés sur eux-mêmes.

Des hommes et des femmes avaient quitté leur travail et s'approchaient de nous. Ils se bousculaient, se hissaient sur la pointe des pieds, sautaient, tendaient le cou et s'exclamaient devant le cadavre de Canetto. Une ambulance arriva, les pompiers aussi. Les lumières bleues des gyrophares éclataient dans l'air et les klaxons deux tons hurlaient. Des gardiens de la paix, venus en renfort, s'agitaient. Ils sifflaient, gueulaient et poussaient les curieux qui ne bougeaient pas.

La dépouille resta exposée à la vue du public plus d'une heure. L'identité judiciaire fit ses constatations. Deux pompiers empoignèrent le gilet blanc, deux autres saisirent les jambes de pantalon et, après trois mouvements de balancement, ils jetèrent le corps sur le plancher de l'ambulance. La tête de Canetto cogna une bouteille d'oxygène. L'une après l'autre les deux portières arrière claquèrent, la sirène hurla. C'était fini. Lucien Canetto partait pour l'Institut médico-légal.

Dès le lendemain, un médecin légiste se pencherait sur son corps nu et, avec des scalpels et des tenailles, il ouvrirait la poitrine et arracherait son cœur. Des gestes qui deviendraient des mots officiels. Dans quelques jours, nous recevrions une copie du rapport d'autopsie qui confirmerait le décès de Lucien Canetto d'une balle de trois cent cinquante-sept Magnum.

L'un d'entre nous s'inquiéta de Jeannot la Pince et de son poignet menotté à la grille. Mais c'était trop tard. Jeannot n'était plus là. Il avait profité de l'agitation pour nous laisser sa prothèse toujours enserrée de la menotte. Jeannot la Pince était redevenu Jeannot, tout simplement, et il était en cavale.

Nous sommes rentrés au « 36 ». Les officiers de la brigade criminelle avaient déjà perquisitionné le domicile de Canetto et Françoise était en garde à vue. Dans la cage, allongée sur le banc de bois, le dos appuyé sur le mur de ciment, les jambes recouvertes d'un lourd manteau de laine beige, Françoise tremblait. Il faisait froid ce jour-là.

Par la minuscule lucarne, elle devait apercevoir un petit morceau de ciel. La pluie tombait. Brusquement, Françoise jeta son manteau, se leva, fit un pas et appuya son corps sur la cage. Elle passa ses doigts dans les trous du grillage et sanglota. Le gardien de la paix qui la surveillait la regarda sans rien dire. Françoise attendait sans doute un mot, un seul. Peut-être voulait-elle savoir ce qu'était devenu Lucien, son compagnon.

Sept heures plus tard un garde vint la chercher. La fatigue raidissait ses muscles et se lever lui demanda un effort. Maintenant, elle marchait à côté du flicard qui la tenait par le bras et la conduisait chez M. le divisionnaire, Georges Mossier. La peur d'être interrogée s'installait dans son ventre et le tordait. Le visage de Françoise était blanc. Elle avançait dans un long couloir un peu sombre. Elle trébucha lorsqu'elle descendit les cinq marches menant à un autre corridor. Le gardien serra son bras pour lui éviter une chute. Cette pression la fit sursauter. Maintenant elle déambulait dans un couloir illuminé et bruyant. Elle croisait des gens qui marchaient comme elle. Le garde la fit arrêter devant une porte marquée de trois zéros en matière plastique. Il s'agissait du bureau 4 000 mais le premier chiffre avait disparu.

Le gardien de la paix poussa Françoise dans une pièce aux murs vert pâle. Georges Mossier se tenait debout derrière une table de chêne noir à trois tiroirs dont le premier, celui du dessus, était ouvert. Il regarda Françoise. Elle baissa les yeux.

Georges Mossier était très grand et maigre. Le visage long, le menton pointu, il portait la tête un peu en arrière. Ses cheveux noirs plaqués rehaussaient la ligne fuyante du front. Les yeux du divisionnaire, petits et ronds, ressemblaient à deux minuscules pierres d'obsidienne ; le nez, droit, se dressait en perpendiculaire au-dessus de lèvres fines et sèches. Georges Mossier ne tournait jamais la tête ; lorsqu'il regardait sur les côtés, il basculait le tronc tout entier comme le font les personnes prises dans un plâtre. D'ailleurs, son costume trois pièces, coupé dans un tissu bleu nuit, était si ajusté, si serré, qu'il semblait maintenir sa colonne vertébrale.

Georges Mossier était un de ces personnages étranges du quai des Orfèvres qui hantaient les locaux quinze heures par jour. Pour ne pas sortir, il se faisait apporter son déjeuner du *Soleil d'or*, la brasserie installée à l'angle du boulevard du Palais. Le menu ne changeait jamais : deux œufs durs, une fine tranche de filet de bœuf cru et un Coca-Cola qu'il exigeait tiède. Les flics le surnommaient « l'horloger » tant ses interrogatoires tenaient de la grande précision.

Georges Mossier demanda au garde de sortir et invita Françoise à s'asseoir devant lui. Sans mot dire, il la dévisagea et regarda dans le tiroir ouvert de son bureau. Françoise ne songeait sans doute qu'à Lucien. Elle se disait que, peut-être, il n'était pas loin. Qu'il se trouvait assis devant un autre flic dans une pièce toute proche. Elle demanda des nouvelles de Lucien. Georges Mossier resta silencieux et regarda, encore, dans le tiroir ouvert du bureau. Puis, il posa les premières questions. Françoise réfléchissait longtemps avant de répondre. Elle ne voulait pas dire des bêtises qui puissent nuire à son compagnon. Le policier posait les yeux sur Françoise et les baissait ensuite en direction du tiroir ouvert.

Parfois, la porte du bureau s'ouvrait et des hommes en chemise, les manches retroussées, venaient se placer derrière le divisionnaire Mossier. Ils posaient la main sur son épaule, dévisageaient Françoise puis regardaient dans le tiroir et riaient. Quand ils sortaient, ils disaient toujours : « Sacré Georges ! »

Les questions devenaient de plus en plus précises. Françoise hésitait à répondre. Dans les intervalles de silence, Georges Mossier avait le regard fixé sur ses gros seins enveloppés dans un pull de fine laine marron et il tournait encore les yeux vers le fond du tiroir ouvert.

L'interrogatoire dura près de trois heures. Le garde revint et reconduisit Françoise dans la cage. À peine était-elle sortie de son bureau, que Georges Mossier plongea la main dans le tiroir, prit une photographie trouvée chez Lucien Canetto lors de la perquisition. C'était Françoise nue, les bras levés sur sa chevelure.

Le mot « malaise » n'appartenait plus à mon vocabulaire. Il m'était devenu étranger. J'en ignorais désormais le sens précis. Je regardai dans un dictionnaire et lut : « malaise — sentiment pénible de gêne, de trouble mal défini ». Le mot était juste. Éveillé ou endormi, le visage gris-bleu avec les yeux blancs retournés de Canetto ne me quittait plus. L'image était imprimée à l'intérieur de mon crâne. Les prises de cocaïne ou d'amphétamine de plus en plus fréquentes et qui, habituellement, m'aidaient à effacer les traces du monde du jour pour passer à celui de la nuit n'avaient plus de pouvoirs magiques. La drogue ne gommait pas la mort de Canetto.

Je ne comprenais pas la raison de mon malaise ! J'avais connu des cadavres plus effrayants, des peurs plus violentes, mais ce visage m'obsédait. C'était un peu comme si, depuis le coup de feu mortel, il y a trois semaines, j'étais resté, immobile, face au corps allongé de Canetto, et que mes yeux ne quittaient plus les siens. Pour ajouter au trouble, j'avais appris, treize jours après la fusillade, l'assassinat de Juan et le suicide par pendaison de JB. Étrange sentiment que celui d'avoir conduit, par la manipulation, trois hommes à la mort.

CHAPITRE XIII

Au petit matin d'une nuit où le délire avait rejoint les rêves les plus secrets, Éric décida de partir à San Francisco. Il y connaissait quelques Français et voulait sans raison, hors l'ennui, les rejoindre et passer auprès d'eux le week-end. Cette idée aussi soudaine que matinale ne me surprit pas. Notre amitié était profonde et je connaissais son amour de la liberté qu'il poussait jusqu'à la folie. Sur l'autoroute menant à l'aéroport nous croisâmes les premiers autobus et dépassâmes les Parisiens qui, levés tôt, roulaient vers la province. Quelques minutes plus tard, nous nous retrouvâmes devant un guichet et Éric me demanda s'il prenait un ou deux billets. Je répondis deux. Nous débarquâmes sans bagages neuf heures plus tard à Golden Airport.

J'étais en Amérique ! Il était sept heures à San Francisco. À la même heure, nous étions encore à Paris. Je percevais une chose un peu floue, sorte d'intuition qui magnifiait la déraison. En tout cas, je vivais son triomphe.

Nous dormîmes un peu puis, en voiture, partîmes

retrouver les amis d'Éric. Ils étaient quatre et habitaient une immense maison. La façade, ouverte à la lumière par deux baies vitrées, donnait sur la mer et un escalier d'ébène menait sur la plage. La bâtisse de trois étages était partagée en douze chambres, trois salons, six salles de bains et une de billard. Au sous-sol, située à côté du garage qui abritait quatre voitures, il y avait une vidéothèque. Nos hôtes vivaient ici depuis quelques mois. Le premier était architecte, le deuxième designer, le troisième tenait une boîte de nuit et le dernier s'exerçait, au grand dam de ses trois compagnons, à la peinture abstraite. Je remarquai d'ailleurs que les toiles de l'artiste n'étaient pas exposées dans la maison commune. Les murs étaient blancs mais de nombreux objets anciens, pendulettes du XVIIIe siècle, argenterie du XIXe et quelques sculptures africaines se confrontaient aux meubles contemporains.

Les amis d'Éric m'initièrent aux délices américaines à la mode. Je découvris des drogues inconnues sur notre continent. Elles portaient des noms magnifiques : «*angel dream*», «*speedball*», «poudre champêtre», «déesse de l'âme» ; les acides se présentaient sous forme de cœur et des bols chinois, emplis de cocaïne, décoraient les tables de nuit des douze chambres. Parfois, je me rappelais que j'étais flic à Paris et me sentais coupable. Mais n'avais-je pas choisi de voyager ? N'étais-je pas aux frontières de ce que, autrefois, j'imaginais être le monde interdit ? N'étais-je pas proche de ces ténèbres qui, si souvent, m'avaient fasciné ? Le chemin emprunté n'était pas celui que j'avais imaginé.

Mais qu'importe ! La luxure me permettait de connaître les joies subtiles de l'esprit. La débauche n'est pas de goûter aux paradis artificiels mais d'en aimer les effets. Durant deux nuits entières et presque deux jours, nous restâmes dans des états seconds, profitant du moindre son de musique, du plus petit frôlement de main et des mots les plus simples partagés à deux. Le moindre aspect de la vie quotidienne semblait magnifié et nous vivions intensément convaincus que « les autres » ne pouvaient pas comprendre. Je découvrais aussi que le repli sur soi, l'égoïsme à vrai dire, favorisait le sentiment de se croire différent. Ce sentiment, je le détesterais plus tard.

Le lundi matin, Éric revint sur Paris. Je téléphonai à Jo et pris trois semaines de vacances à San Francisco.

CHAPITRE XIV

Je retrouvai le quai des Orfèvres, son numéro « 36 », ses plantons au garde-à-vous, ses blouses bleues, uniformes des employés administratifs marqués de la devise « *Fluctuat nec mergitur* », ses cages, ses directeurs et leurs costumes gris. Peut-être était-ce l'effet du retour des États-Unis, mais ce jour-là, je pressentis des malheurs sans pouvoir en imaginer l'ampleur.

Tandis que je montais l'escalier, parcourais le couloir du dernier étage, saluais quelques collègues, cet étrange sentiment devint plus fort.

Je poussai la porte du bureau. À peine entré, ma première vision fut celle d'hommes rassemblés en cercle. Le Sancerrois, Poussin et Kao se penchaient vers Jo assis à sa table de travail. Pâle, il répétait : « Je vous remercie les gars. » J'ignorais tout de la vie de Jo, mais, d'instinct, je compris que sa femme était morte.

Le Sancerrois m'expliqua brièvement le calvaire de Germaine. À l'âge de onze ans, elle avait eu des pertes d'équilibre, puis lentement ses muscles s'étaient raidis. Les médecins ignoraient alors l'origine de ce mal, ils parlaient de « microbes », mais savaient tout des effets de cette maladie dont la phase finale est la paralysie totale. Germaine était morte étouffée.

Jo connaissait son épouse depuis l'enfance et lui avait acheté son premier fauteuil roulant à l'âge de vingt ans. Il avait accompagné son martyre jusqu'au dernier râle. Jo avait cinquante-six ans. Aujourd'hui, c'était son anniversaire.

Durant les premiers jours qui suivirent l'enterrement, nous vîmes Jo changer. Il abandonna son éternel blouson de cuir noir pour porter un vieux pull gris tricoté à la main et perdit son allure militaire. Ses épaules tombèrent, son dos se voûta, son ventre s'arrondit. Maintenant, il marchait d'une façon bizarre. La tête baissée, il traînait les pieds ou plutôt il les glissait l'un après l'autre sur le sol, à la manière d'une personne chaussée de patins sur un parquet trop ciré.

Jo avait perdu le goût de l'aventure.

Et puis, un samedi aux environs de dix heures, l'état-major de la police judiciaire nous appela. De permanence, nous devions renforcer un autre groupe de l'antigang qui se trouvait en difficulté. Ce fut pour nous tous une surprise : Jo ne vint pas avec nous. C'était la première fois qu'il renonçait à participer à une intervention. Nous le laissâmes seul au bureau.

Cette journée fut la plus noire de toutes celles que j'avais déjà connues. Pourtant, cette affaire était simple. Elle s'inscrivait dans la routine du travail d'une brigade telle que la nôtre. Nous devions aider nos collègues à interpeller trois hommes. Ces derniers venaient d'attaquer une bijouterie dans le XXᵉ arrondissement. L'action avait été si rapide qu'ils n'avaient pu être arrêtés sur le lieu du braquage. Ils étaient rentrés tranquillement chez eux. Les trois voyous, tous de la même famille, occupaient, sous les toits, un deux-pièces sans cuisine. Ils habitaient une vieille bâtisse, située, au fond, à droite, d'une impasse pavée. C'est là, dans le quartier de la Goutte-d'Or, que nous rejoignîmes les autres flics.

Les jeunes truands avaient rendez-vous dans un bar de Belleville avec un receleur pour lui fourguer leur butin. Cachés sous les porches voisins, planqués dans les voitures, nous les attendions. Ils ne pouvaient pas s'échapper. Une heure plus tard, deux des braqueurs descendirent. Ils traversèrent l'impasse et montèrent en voiture mais ils n'eurent pas le temps de mettre le moteur en route. Nous étions déjà sur eux et, le visage écrasé au sol, ils avaient les mains attachées dans le dos. Nous trouvâmes les bijoux volés posés sur le siège arrière. L'opération était presque terminée quand je vis Faridès quitter notre groupe. Il courut vers l'entrée puis disparut dans l'immeuble.

Jean Faridès était à la brigade depuis quatre jours. Il avait vingt-trois ans et c'était sa première mission. Tout allait vite dans ma tête. Je me précipitai derrière lui et criai : « Jean, reviens. Jean, attends-nous. »

Faridès montait les marches deux par deux, déterminé à arrêter le troisième homme resté dans l'appartement. Je le rejoignis sur le palier du sixième étage. L'immeuble, aux murs sales, à la peinture écaillée, sentait la vieille soupe et l'urine. Je me trouvais à sa droite mais je ne pus l'empêcher de cogner sur la porte et de crier : « Ouvrez ! Police ! »

Le bois éclata devant nous et le hurlement de Faridès couvrit les deux détonations. Il s'effondra. Dans le même temps, je vis la semelle d'une chaussure et entendis un choc. D'un coup de pied la porte valdingua. J'aperçus un poing, une arme, un canon et des flammes. Une, deux et trois déflagrations. Mes tympans bourdonnaient. À moins d'un mètre, un homme, allongé sur un divan, se tordait. Son corps se soulevait et tournait à droite, à gauche. Il se releva un peu dans un sursaut de vie. L'homme ouvrit le feu une dernière fois et retomba.

Le collègue qui se tenait à côté de moi appuyait toujours sur la détente de son revolver. J'entendis deux clics. L'arme était vide. Mon cerveau n'assimilait pas assez vite les positions des uns et des autres, ne distinguait plus les gestes agressifs des mouvements de protection, ne discernait plus les cris de peur des hurlements de douleur. Tout était confus. J'étais perdu.

Faridès, la voix rauque, hurlait : « Maman, maman ! » Je le regardai. L'intérieur de son pantalon était déchiré et brûlé. Le sang giclait par saccades et montait si haut qu'il éclaboussait le plafond. Kao s'occupa de lui tandis que trois collègues, la tête baissée, le corps en avant, l'arme à la main, entrèrent dans l'appartement. Je les suivis.

L'un d'eux arracha un enfant des bras de sa mère et le jeta dans un coin de la pièce. « Arrête, c'est un gosse », lui criai-je. Il le gifla quand même en maugréant : « C'est un gosse de voyou. »

Rien n'était fini. Le cadavre ensanglanté avait pissé dans son pantalon. J'entendais Faridès gémir. Un flic tirait par les cheveux un adolescent qui se trouvait là et cognait sur son crâne à coups de crosse. La mère pleurait. L'odeur de poudre noire piquait ma gorge.

Je sortis et me retrouvai devant Faridès. Kao qui appuyait sur l'artère fémorale me demanda de le remplacer. Nous chevauchâmes nos mains deux ou trois secondes et puis, brusquement, il retira les siennes. Je ne fis pas assez vite pour comprimer la blessure. Deux jets de sang entrèrent dans ma bouche ouverte et arrosèrent ma figure.

Dans l'escalier, trois marches plus bas, une femme, la tête couverte par un foulard, nous observait en silence. Je lui demandai du secours. Elle ne bougea pas. Je gueulai : « Prévenez les pompiers ! » Elle se taisait. Elle ne fit rien. La vieille dame au foulard était la mère de l'homme que nous venions d'abattre.

Les camions des pompiers, les cars de police secours, les véhicules du Samu et la camionnette de la morgue ; les blouses blanches, les hommes casqués et les curieux furent bientôt là, comme d'habitude. La situation n'avait plus rien d'exceptionnel. La violence et la mort se confondaient une fois encore. Tout à l'heure, tous ces gens quitteraient les lieux et la rue retrouverait son calme. Les rescapés — et j'en étais — continueraient à vivre, Faridès resterait handicapé et le mort pourrirait. Tout serait en ordre.

Nous retournâmes au service.

Une ambulance de l'Hôtel-Dieu, les portes arrière ouvertes, stationnait au milieu de la cour du quai des Orfèvres. Un médecin, en blouse blanche, se tenait à côté du chauffeur et s'assurait par radiotéléphone que le service des urgences était mobilisé. Hébétés, pas un d'entre nous ne prêta attention à la scène. Au moment où nous franchissions la porte, deux infirmiers nous demandèrent de les laisser passer. Nous nous écartâmes sans regarder l'homme défiguré, allongé sur le brancard. Au premier étage, le patron enfilait sa veste et marchait vite. Il nous croisa et, sans s'arrêter, lâcha : « Jo s'est suicidé. »

Nous ne pouvions pas entrer dans le bureau. Il était déjà sous scellés. Mais du couloir, par la porte ouverte, nous vîmes la tache de sang coagulé sur le plancher et les éclaboussures écarlates aux murs. Jo s'était tiré une balle de neuf millimètres Parabellum dans la bouche. Il décéda à son arrivée à l'hôpital.

Le soir même, j'étais attablé avec un autre flic dans un restaurant de la rue de Ponthieu. Nous attendions Michel Békacémi. Je le connaissais depuis quelques semaines et l'avais rencontré durant une garde à vue. Il avait été impliqué dans une attaque à main armée mais, faute de preuves, avait été relâché. Il avait connu JB et était venu me voir. Après un couplet sur l'amitié, il m'avait proposé ses services. Békacémi, surnommé « le Manchot » pour sa passion des machines à sous, avait de l'ambition et nos discussions me firent deviner qu'il était prêt à tout pour conquérir le pavé parisien. Il régnait sur le IXe arrondissement et une partie du XVIIIe mais il voulait agrandir son territoire.

Il était en retard, comme à son habitude. Nous patientions depuis une demi-heure avec quelques-uns de ses amis et sa femme, une prostituée à l'œuvre rue Houdon. Pour pimenter la banalité de la conversation et sans doute donner aux mots un semblant d'importance, les flûtes de champagne se remplissaient à peine vidées et les boîtes de caviar se succédaient. Nous passions ainsi le temps avec force blagues salaces.

Mon regard se fixait sur les bouches qui s'ouvraient, se fermaient, se tordaient et les langues qui, à intervalles réguliers, passaient sur les lèvres. Mon collègue, d'un coup de coude, me sortit de ma rêvasserie et me demanda si « le Manchot ne se foutait pas de notre gueule ». Je regardai ma montre. Békacémi avait deux heures de retard. Nous nous mîmes à manger.

Michel Békacémi arriva quand le garçon posa devant nous les foies gras poêlés aux raisins de Corinthe. Quelques têtes se tournèrent sur son passage tant le « Manchot » ne passait pas inaperçu. Mon compagnon se pencha vers moi et, à voix basse — il le rencontrait pour la première fois — me glissa : « Eh bien, ton mec, c'est une carte postale de voyou. »

Békacémi parlait avec la faconde méditerranéenne, s'exprimait avec un accent peu commun, mélange de titi parisien et de marseillais. De petite taille, les cheveux noirs ondulés et mi-longs, il portait une chemise d'un bleu soutenu. Le col ouvert sur la poitrine exhibait deux chaînes épaisses en or. L'une d'elles portait une médaille ronde à l'effigie de la Vierge. Il était vêtu d'un costume d'alpaga gris. Les ongles des doigts vernis étaient parfaitement limés et deux chevalières et un anneau ornaient les mains.

Békacémi paraissait joyeux. Je l'interrogeai sur son retard. Dans un éclat de rire, il me répondit : « Je viens de buter René, tu sais "René la toquante", ce vieux grigou qui m'avait fait marron il y a un mois. »

Mon collègue montra sa connaissance du milieu parisien en précisant que c'était un truand spécialisé dans la vente de fausses montres de grandes marques. Je fis remarquer à Békacémi qu'il était incorrect de ne pas prévenir ses amis lorsque l'on était retardé. Le Manchot s'excusa. Et nous dégustâmes ensemble les foies gras.

Le lendemain matin, à l'heure de la réunion quotidienne qui se tenait dans le bureau du patron, ce dernier sortit un télégramme relatant l'assassinat de René la Toquante. Nous déclarâmes de concert, mon collègue et moi, que « ce n'était qu'un règlement de comptes et que le tueur s'appelait Michel Békacémi ». Nous passâmes au dossier suivant.

J'étais chez les flics depuis des années. J'avais appris à connaître le vice, le mensonge, la trahison, la haine, la violence et les cadavres. C'était devenu mon ordinaire. Pour survivre j'avais prohibé l'émotion, la sensibilité et la compassion. Peu à peu, je perdais confiance dans tous les êtres. Je me persuadais que la vie n'était qu'une grande magouille. À mes yeux. Dieu et Diable se partageaient le royaume des ripoux.

Mon regard, mes gestes, mon vocabulaire et ma démarche avaient changé. Je n'y avais pas pris garde. Au début ce n'était pas perceptible. La métamorphose s'était faite lentement, sans secousses. Mais, avec le temps, je soupçonnais tout le monde. Une femme me disait : « Je t'aime » et, aussitôt, je la suspectais de vouloir obtenir quelque chose de moi. Je pénétrais dans un lieu public et mes yeux cherchaient un visage déjà rencontré dans un fichier du grand banditisme. Je classifiais mes rencontres et les étiquetais sous les appellations : escroc, julot, voleur, braqueur. Personne n'était innocent. Dans la rue, je mémorisais les immatriculations des voitures. Je fréquentais les mêmes restaurants que les truands et je parlais comme eux. J'étais immergé dans un univers que je croyais unique. J'étais désormais au milieu de la nasse. Mon esprit était rogné, bouffé par je ne sais quel mal. Celui-ci avait envahi ma tête et j'en ressentais les premières douleurs. Ce qui me semblait terrible, c'est que tout cela était à la fois normal et inévitable.

Je ne songeais qu'à mon propre plaisir, qu'au délire provoqué par les sensations fortes. Je me délectais de la boue, de la fange et étouffais ce qu'il y avait encore d'humain en moi. Je m'en aperçus au cours d'une nuit sans sommeil. Je me posai la question : « Peux-tu tuer de sang-froid, sans remords ? » Je sus, en me répondant positivement, qu'il me fallait quitter la police. Éveillé, je ne craignais pas les cauchemars. J'avalai cinq comprimés d'amphétamine et ne dormis pas. Le lendemain fut un jour ordinaire.

CHAPITRE XV

Une rumeur courait les couloirs du quai des Orfèvres. Les officiers de l'antigang chuchotaient entre eux. Ils parlaient d'une drôle d'histoire, d'une affaire qui impliquait des personnages politiques importants. Je n'y prêtai pas attention. Il fallut attendre deux années pour que je sois pris dans les remous de ce dossier qui ébranla la République et deux ans encore pour qu'il soit révélé au public. Mais, déjà, le mystère qui l'entourait avait un relent de scandale. D'autres événements arrivèrent pareils à une avalanche. Une fois de plus, la machine à broyer les idées et les états d'âme s'était mise en marche et je fus pris dans un engrenage épouvantable.

C'était le milieu des années soixante-dix. Une certaine France croyait découvrir la modernité politique parce que le président de la République jouait la valse musette à l'accordéon et réformait le tempo de *La Marseillaise*.

Chez les flics, cette période fut tumultueuse. Les

affaires se multipliaient : prises d'otages, enlèvements, suicides mystérieux et assassinats obscurs.

Tout m'échappait. Je ne maîtrisais plus ma vie. La dépression prenait le pas sur le plaisir de la drogue. J'augmentais les doses de cocaïne et d'amphétamine. Je ne dormais presque plus et le manque de sommeil me conduisait doucement sur le seuil du trou dont on ne revient pas. Mais une pulsion, plus forte que la raison, m'entraînait encore plus loin dans le voyage commencé il y a plusieurs années. Mon envie de découvertes était toujours aussi forte et, malgré quelques étapes mélancoliques, je ne renonçais pas à descendre plus bas pour découvrir le monde et me vautrer dans l'interdit. Les notions de bien et de mal étaient relatives et, sans cesse, devant moi, elles se confondaient. Je perdais mes repères et devenais inconscient de mes actes. J'agissais, c'est tout. Parfois, je justifiais mes comportements en m'inventant une obligation de solidarité ou un sens du devoir. Une attitude qui faillit tourner au drame.

C'était un petit matin pâle et diaphane. L'air était froid et humide. La lumière du jour frisait déjà les toits de Paris. Après une fête mouvementée avec Éric et une dizaine d'amis, je tentais de m'endormir quand le téléphone sonna. Je reconnus la voix de Michel Békacémi qui, d'un ton presque péremptoire, me demanda de le rejoindre au *Bougnat*, un bistrot installé à cinquante mètres de mon immeuble. Épuisé par mes frasques, je restai allongé sur le lit. Je concentrai toute mon énergie pour saisir, dans le tiroir de la table de nuit, un petit sachet de papier rectangulaire. Je l'ouvris, en tirai le poison blanc et l'étalai avec précaution sur un petit miroir. Je le reniflai. J'attendis deux minutes. La cocaïne fit son effet.

Je retrouvai le Manchot dont la fatigue faisait virer le teint mat de son visage au gris-vert. L'ombre de sa barbe et ses cheveux ébouriffés m'indiquaient que Békacémi avait quitté son lit précipitamment sans prendre le temps d'une toilette. Je commandai trois cafés et bus le premier. Békacémi m'expliqua la situation.

Il avait indiqué un « bon coup » à un prénommé Khaled, l'une de ses relations. Je connaissais cet homme pour avoir, quelquefois, entendu prononcer son nom lors d'affaires criminelles. Je savais que ce Khaled osait là où d'autres truands hésitaient.

« Tout s'est bien déroulé, me rassura le Manchot, mais, précisa-t-il, il y a eu un imprévu. » J'avalai d'un trait le contenu de la deuxième tasse. Je m'attendais au pire. Békacémi parlait lentement et, souvent, revenait sur les mêmes mots : « Rends-moi service, je te le rendrai. »

Je l'écoutai débiter son histoire. Khaled et un complice avaient attaqué la caisse d'un supermarché de Lille. Le comptable du magasin avait déclenché l'alarme. Du coup, Khaled l'avait emmené avec lui, le canon du revolver posé sur la tempe et l'avait relâché le danger passé. Mais les deux hommes ne pouvaient plus quitter la ville. Ils se cachaient dans une chambre de bonne prêtée par le gérant de la cafétéria du supermarché qui avait indiqué l'affaire.

Békacémi me regarda et, après deux ou peut-être trois secondes de silence, me demanda de partir avec lui, à Lille, délivrer son copain Khaled. « T'es flic. Avec toi je ne crains rien », répéta-t-il deux fois.

Je refusai. Il insista. Je bus le troisième café.

Un quart d'heure plus tard, j'étais au volant d'une voiture volée et roulais sur l'autoroute du Nord.

Nous arrivâmes au repaire de Khaled aux environs de onze heures. Le sommeil alourdissait mon corps et m'embrouillait les idées. Les arbres, les maisons, les gens et les rues étaient flous et se dédoublaient. Je repris de la cocaïne. Une bielle de locomotive à vapeur cognait à l'intérieur de ma poitrine. Mon rythme cardiaque s'emballait.

Békacémi, en signe de reconnaissance, frappa trois fois à la porte de la chambre puis siffla *L'Internationale*. Nous pénétrâmes dans une pièce exiguë aux murs couverts de papier peint à fleurs déchiré. Une lampe de chevet, posée à même le sol, diffusait une faible lumière électrique sur le titre en gros caractères du journal local : « HOLD-UP ET PRISE D'OTAGE DANS LA VILLE. »

La pièce sentait les pieds sales et la sueur. Khaled, assis sur un lit, buvait un whisky ; son complice, ivre mort, ronflait dans un fauteuil. Sur une table basse en rotin, il y avait une dizaine de liasses de billets, deux revolvers, un fusil à canon scié et deux cagoules. Sans mot dire, il se leva et enfila un manteau bleu marine, pensant que nous allions le rapatrier sur Paris.

La came me mettait les nerfs à fleur de peau. Je ne supportais pas ce truand hautain qui me prenait pour son chauffeur. Je me mis à l'insulter. Je vociférai, le traitai de con, refusai de l'emmener et exigeai qu'il ne bouge pas de sa planque au moins huit jours.

Khaled, livide, s'avança vers moi. Je découvrais sa tête carrée au front haut et bombé, et son nez cassé ; une cicatrice traversait la joue droite, coupait le menton et se terminait au milieu du cou. Les yeux noirs n'exprimaient rien mais ils étaient si ronds que l'on pouvait croire qu'ils étaient deux billes de terre enfoncées dans les orbites.

Il m'agrippa à la gorge. Je sentis ses mains froides. Mais il n'eut pas le temps d'exprimer sa colère. Je sortis mon calibre et appuyai le canon sur son œil gauche. Il me lâcha. Békacémi réclama du calme. Je n'avais plus rien à dire.

Békacémi prit un sac de sport, y jeta les cagoules, l'argent du hold-up, les deux flingues et le fusil, et nous reprîmes le chemin de Paris.

L'entrée de l'autoroute était à moins d'un kilomètre. La pluie battait le pare-brise et les essuie-glaces peinaient. D'un coup, je réalisai la situation : j'étais au volant d'une voiture volée en compagnie d'un voyou répertorié au fichier du grand banditisme et transportais, dans le coffre arrière de la bagnole, un arsenal et le butin d'un hold-up. Pas mal pour un flic de l'antigang !

Nous arrivâmes au péage. Je ralentissais lorsque, soudain, devant nous, un gendarme, mitraillette à l'épaule, me fit signe de me garer. La fatigue s'évapora d'un coup. Je distinguai les herses, repliées sur elles-mêmes, à quelques mètres de l'endroit où nous étions arrêtés. Les forces de l'ordre étaient présentes partout. Le gendarme s'avança vers nous. Nous étions coincés. Le cogne était à deux mètres de la voiture lorsque j'entendis clac ! clac ! Je reconnus le bruit d'une culasse. Békacémi venait d'armer son revolver, un Colt onze quarante-trois. Il le dissimulait entre ses jambes. Les mots, les gestes, les pas du gendarme s'accélérèrent. J'entendis Békacémi dire : « Dès qu'il est tout près, je le flingue et on s'arrache. »

Une minuscule fraction de seconde suffisait pour que je devienne complice d'un meurtre. Je bloquai le bras de Békacémi et lui murmurai : « Laisse-moi faire. » Je baissai la vitre et souris au gendarme. Je m'excusai pour les ceintures de sécurité que nous n'avions pas accrochées. Il me regarda. Je voyais son index sur la gâchette de la mitraillette. Il se pencha vers nous, scruta l'intérieur du véhicule et nous dévisagea. C'est le moment que je choisis pour lui dire : « Je suis de la maison » en lui sortant ma plaque de police.

La tension tomba. Le gendarme nous précisa qu'il n'était pas là pour les ceintures de sécurité mais pour rechercher « deux individus ayant commis un hold-up avec prise d'otage ». Avant de nous laisser partir, il ajouta, en dodelinant la tête : « Vous devriez vous méfier. Vous avez des sales gueules. » Il s'écarta, nous salua amicalement. Nous reprîmes la route.

Après avoir roulé une dizaine de kilomètres, je m'arrêtai sur une aire de repos. Je tremblais. J'ouvris le coffre de la voiture, pris le sac de sport et, après avoir enjambé un grillage, je marchai dans un champ. J'enterrai l'argent du hold-up et jetai dans un fossé les cagoules et les armes. Ce jour-là, je compris toute la différence entre un Békacémi et moi. Je jouais au flic et ne l'étais pas vraiment. Lui ne se donnait pas des airs de voyou. Il l'était !

CHAPITRE XVI

Les interventions s'enchaînaient à un rythme effréné. Toute la brigade était mobilisée. Jamais, depuis mon arrivée à l'antigang, je n'avais connu une telle activité. Et puis, il y avait toujours cette rumeur qui excitait la curiosité des officiers du groupe installés à côté de mon bureau. Ils ne savaient pas grand-chose mais leurs investigations les avaient conduits à découvrir un vague trafic de faux bons du Trésor organisé par des membres connus du milieu parisien. Ils faisaient, sans cesse, référence à une personnalité importante mais il n'y avait pas encore matière à scandale. Comme personne, au sein de la brigade, n'avait le temps de se consacrer à une seule affaire, ce dossier restait en attente.

Pour l'instant, tous les hommes de l'antigang s'activaient sur une équipe de voyous venue de Belgique. Cela faisait une quinzaine de jours qu'un indicateur nous avait informés qu'un « gros coup » se préparait sur Paris. Notre patron, un commissaire divisionnaire, s'il ne se faisait pas remarquer par son intelligence, était un homme habile. Il exerçait la flatterie avec talent et expérience. Dès que les premiers éléments d'une enquête laissaient espérer qu'elle pouvait être médiatisée, il prévenait le ministre de l'Intérieur et lui offrait, le temps venu, une tribune publique afin qu'il puisse louer la politique sécuritaire du gouvernement.

Le divisionnaire marchait toujours à pas lents, les yeux baissés sur ses chaussures. Quelques jours avant l'arrestation des frères Glama, je le croisai dans le couloir du quai des Orfèvres et il me confia son désir de réaliser une première avec cette affaire. « Nous devons, me dit-il, faire une chose qui n'a jamais été faite dans notre pays. Cela sera bon pour nous tous. » Et, sans relever la tête, il entra dans son bureau. J'ignorais quelle idée il avait, mais j'étais certain qu'il était prêt, une fois encore, à prendre des risques pour être reconnu comme le premier flic de France. Il en rêvait tant !

Les frères Glama étaient trois. Il y avait Dominique, l'aîné et chef de la famille, Carlo le cadet, et Luigi, dit « le Barbare ». Nous savions qu'ils projetaient d'enlever un des plus importants banquiers de France. Mais nous ignorions son nom et quand le crime serait commis.

Des planques, des surveillances et filatures nous permirent peu à peu d'appréhender les intentions des frères Glama.

Nous les vîmes voler deux puissantes voitures, les maquiller et les cacher dans le box d'un garage situé à La Celle-Saint-Cloud. Je participais au dispositif. Jour et nuit, nous écoutions leurs lignes téléphoniques, restions devant leur domicile, suivions leurs déplacements et surprenions même, à l'aide de minuscules micros à haute fréquence, leurs conversations aux tables des restaurants. Et puis, un matin, ils se levèrent tôt et se rendirent, habillés en vêtements de sport, dans le bois de Boulogne.

Ils étaient comiques ces trois voyous au visage joufflu et au ventre gonflé. À la limite de l'asphyxie, le front et les joues écarlates, ils couraient dans les allées parmi les chênes, les charmes et les pins. Ils allaient dans une direction puis revenaient sur leurs pas pour croiser le plus souvent possible un homme qui, chaque matin, promenait son chien.

Nous photographiâmes la future victime et son petit compagnon. Nous apprîmes ainsi qu'il s'agissait de Hans Rockwell et du caniche Fifi.

Hans Rockwell était l'héritier d'une dynastie de la haute finance. Banquiers de père en fils depuis le début du XIXe siècle, les Rockwell possédaient une fortune classée, par les journaux, la quatrième d'Europe. Usines, banques, assurances, chaînes hôtelières, sociétés agroalimentaires, etc., peu de domaines industriels échappaient au règne de Hans Rockwell. Selon sa réputation, l'homme était autoritaire, froid, sûr de lui-même et toujours prêt à affronter les situations les plus difficiles. Mais il ignorait sans aucun doute la réalité de la vie avec son cortège de petits maux, d'imprévus et de difficultés. L'opulence le préservait de l'inquiétude et de la peur.

Nous avions vu Dominique Glama sortir, l'une après l'autre, les voitures volées du box. Il gara la première à une centaine de mètres du lieu de promenade quotidien de Hans Rockwell et la seconde dans un parking situé à moins d'un kilomètre de l'autoroute qui conduisait à Bièvres. Les filatures nous laissaient supposer qu'un pavillon de cette commune serait le lieu de la future détention.

C'était certain, les frères Glama allaient passer à l'action. D'ailleurs, la parcelle de doute qui pouvait encore nous habiter disparut lorsque Carlo, le cadet, téléphona en Belgique à un mystérieux correspondant pour lui dire : « C'est pour demain. »

La veille de l'opération une réunion eut lieu dans le bureau du divisionnaire. Après avoir mis au point le dispositif de police et déterminé le rôle de chacun dans l'arrestation des frères Glama, le patron se rapprocha de sa table. Il ouvrit le tiroir droit, en sortit le briquet d'amadou qu'il tenait de son grand-père, roula le pouce trois ou quatre fois sur la pierre et souffla sur la mèche pour en maintenir la lente combustion. Nous connaissions ce geste. Il était le prélude à l'exposé de ses consignes. Le divisionnaire nous expliqua qu'il tenait à ce que cette affaire soit une réussite totale. « Totale ! » répéta-t-il trois fois. Il nous donna l'ordre de laisser les frères Glama « arracher le banquier » puis de les filer jusqu'au pavillon de Bièvres, là où ils avaient aménagé une cellule dans le sous-sol. Nous devions aussi attendre quelques heures pour que les voyous se détendent. Après, seulement, nous procéderions aux interpellations.

Le lendemain matin, nous assistâmes donc sans intervenir à l'enlèvement de Hans Rockwell. Nous vîmes Dominique et Carlo Glama courir aux côtés de l'homme d'affaires. Soudain, ils enfilèrent des cagoules, relevèrent les capuches de leurs vestes de sport, se précipitèrent sur lui, aspergèrent ses yeux de gaz lacrymogène et le poussèrent dans la voiture conduite par Luigi le Barbare. Fifi, le chien, se sauva. Affolé, il se jeta sous les roues de l'automobile volée qui démarra aussitôt. Elle fila jusqu'au parking. Là, les trois hommes et leur victime changèrent de voiture devant nous et se rendirent jusqu'au pavillon.

Le divisionnaire avait bien préparé sa stratégie. Elle était parfaite. Nous attendîmes deux heures et vîmes Dominique et Carlo sortir du pavillon. Des collègues les interpellèrent un kilomètre plus loin. Et puis, nous donnâmes l'assaut. Luigi le Barbare gardait Hans Rockwell. Il se laissa arrêter.

Nous n'avions pas encore libéré le banquier que le divisionnaire avait déjà rédigé son communiqué officiel et prévenu les agences de presse. Nous étions encore dans le pavillon avec la victime lorsque les photographes arrivèrent sur les lieux et firent crépiter leurs flashs. Les journalistes de radio et de télévision étaient, eux aussi, de la fête.

Le lendemain, l'événement fit la une des quotidiens. Les éditorialistes y allèrent de leurs louanges. L'un d'entre eux dépassa même les bornes de la décence intellectuelle : « Ce grand patron de la police qui, pour la première fois dans l'histoire du crime, a éradiqué le pire des maux, celui du chantage humain. Ce n'est pas la presse qui vous salue, monsieur le divisionnaire, c'est la France ! »

Le soir même, le ministre de l'Intérieur pérorait devant les caméras de la télévision.

Personne ne s'interrogea sur les raisons de ce succès ou l'origine de cette prouesse. L'arrestation en flagrant délit des frères Glama, auteurs d'un enlèvement, n'éveilla les soupçons d'aucun journaliste. Pourtant, un peu de bon sens et un minimum de raisonnement auraient suffi pour comprendre que nous étions au courant de la préparation de ce rapt et que nous l'avions donc laissé faire en risquant la vie de Hans Rockwell.

Hans Rockwell aurait été abattu au cours de l'opération, nous aurions, sur la pointe des pieds, rejoint le quai des Orfèvres pour convenir, tous ensemble, d'un silence absolu. Cette victime avait été la chèvre d'un flic mégalomane en quête de notoriété.

L'histoire des faux bons du Trésor quittait le domaine de la rumeur pour entrer, à petits pas, dans celui du criminel. Bob, l'un de mes collègues de brigade, affecté dans le groupe voisin du mien, avait dans les mains un exemplaire de cette valeur et me le montrait pour que je puisse apprécier, disait-il, le « joli travail » inachevé des faussaires.

Son indicateur lui avait précisé que, bientôt, plusieurs dizaines de milliers de ces copies seraient imprimées dans la région de Marseille. Ce trafic devait servir au financement d'un commerce d'armes. Il ne connaissait pas le nom de la personnalité de premier plan impliquée. En revanche, un détail avait retenu son attention : son informateur prétendait travailler dans un bureau de police privée, la SCI (Société de conseils et d'investigations). Installée dans une ruelle du quartier de la Bastille, cette entreprise avait en charge la sécurité d'un parti proche du président de la République.

Les Renseignements généraux et la Direction de la surveillance du territoire (DST) s'étaient intéressés pendant des campagnes électorales à cette officine qui avait des ramifications sur le continent africain. Bob avait retrouvé, dans les archives de la police judiciaire et celles des Renseignements généraux, des rapports sur des hommes employés par la SCI, des mercenaires qui, plusieurs fois, avaient participé à des coups d'État contre des gouvernements démocratiques.

Il me montrait des documents quand la sirène d'alerte hurla dans les couloirs de la brigade. Les portes des bureaux s'ouvraient, claquaient, des officiers s'agitaient dans tous les sens. Les chefs de groupes ordonnaient d'accélérer le rassemblement des hommes de l'antigang. Déjà, dans la cour du « 36 », les armes et le matériel étaient à l'intérieur du camion. Des voitures rapides nous attendaient. Les moteurs tournaient. Nous partions pour Orly. Depuis un quart d'heure, les passagers d'un avion étaient pris en otage par un homme que nous connaissions bien. Il avait, quelques années auparavant, fait un scandale, en direct, sur un plateau de la télévision. Il se prénommait Hervé et sortait d'un hôpital psychiatrique.

En cortège, sirènes hurlantes, nos véhicules, précédés par des motards, filaient vers l'aéroport à plus de cent cinquante kilomètres à l'heure. Tout allait vite : les voitures, la traversée de Paris, les écarts des bagnoles se faufilant dans la circulation de l'autoroute, les sons des klaxons, les explosions d'échappements des motos, les sifflements des avions en approche de l'aéroport. C'était une valse folle de fureurs qui, dans quelques minutes, se concentreraient pour éclater en violence. Dans un instant il faudrait pénétrer dans l'avion, ceinturer le preneur d'otages ou le tuer. Cette dernière hypothèse n'était pas un fantasme. Tuer c'était aussi mon métier.

J'avais toujours besoin d'aller au-delà de la raison. Je me portai volontaire pour entrer, le premier, dans l'avion.

Vêtu d'un uniforme de steward, je me présentai à la porte du Boeing sous prétexte d'apporter de la nourriture aux passagers. Des hommes en noir, cagoulés et armés, s'étaient installés sur les ailes de l'avion. Ils s'approchaient des hublots pour y poser de très faibles charges d'explosif.

Ma mission était simple : je discutais avec le preneur d'otages et, dès la première explosion, je le neutralisais. Hervé se tenait à deux mètres de moi, la main droite serrée sur une grenade dégoupillée. Il m'ordonna de poser les plateaux-repas sur le sol.

Je me baissais lorsqu'une déflagration fit vibrer la carlingue. Hervé perdit l'équilibre, ouvrit la main. La grenade tomba, roula sous le premier puis sous le deuxième siège et, déviée par un sac à main, continua sa course au milieu du couloir. Une hôtesse saisit l'engin, courut jusqu'aux toilettes et l'y jeta. La grenade explosa. La jeune femme ne cria pas. Son corps se souleva, cogna la carlingue et s'effondra, le bras arraché.

Je me précipitai sur Hervé et l'immobilisai au sol. Il me sourit. Je lui passai les menottes. Les gendarmes entrèrent dans l'appareil tandis que les passagers étaient évacués par les toboggans de secours. Tout était fini. L'hôtesse, l'unique victime, fut conduite à l'hôpital. Hervé retourna dans son centre de soins psychiatriques.

Cette prise d'otages me fit mesurer mon degré d'indifférence. J'avais pris l'habitude d'écarter tout ce que la conscience dérange. Je ne m'embarrassais plus du sort des autres ou je faisais semblant. J'espérais sans doute que les souvenirs se décomposeraient et que le temps épargnerait ma mémoire.

Je repris le chemin que j'avais choisi et m'enfonçai un peu plus dans mon univers. J'étais loin déjà et un peu plus seul !

Depuis combien de temps était-ce ainsi ? Je ne discernais plus le jour de la nuit. Le matin et le soir se confondaient. Je dormais moins de trois heures. Je vivais sous l'emprise, presque totale, des excitants chimiques. Heureusement, parfois, mon corps se rebellait, des spasmes violents l'envahissaient et la douleur devenait si forte que je m'évanouissais.

Je quittais alors la ville pour le bord de la mer. Je m'asseyais et regardais les vagues naître au milieu de l'océan, grandir et se gonfler pour mourir à mes pieds.

Je restais ainsi des heures durant et lorsque la lumière s'assoupissait dans l'eau, je rentrais à Paris. Et, de nouveau, la notion du temps disparaissait.

Seul, le lundi matin restait un repère. Ce jour-là, les couloirs et toutes les pièces du quai des Orfèvres étaient, selon la saison, froids ou frais parce que les fenêtres des bureaux restaient ouvertes le week-end. Les odeurs de cendre froide faisaient place à celles, plus acides, des lessives à base d'ammoniaque mêlées au parfum de la cire lustrée sur les parquets et les linoléums.

Depuis la mort de Jo, le Sancerrois assistait à la réunion du lundi organisée par le divisionnaire. Celle-ci durait deux à trois heures. Il ne supportait pas ces longues séances qui préparaient le travail de la semaine. Lorsqu'il nous rejoignait, il avait les joues rouges. Il portait toujours un pull vert pomme usé aux coudes ; le col roulé imitait les plis de son double menton.

Un lundi, il nous annonça que le patron tenait à ce que nous nous intéressions à Jacques Coblence et David Néguev. Deux noms cités lors d'écoutes téléphoniques de la brigade des stupéfiants. Les deux hommes projetaient, paraît-il, de commettre une attaque à main armée. Une affaire comme tant d'autres.

Enfin, je le croyais. Comment aurais-je pu comprendre que les surveillances de Coblence et de Néguev me plongeraient, quelques mois plus tard, au cœur d'un scandale me menant dans la cellule d'une prison ?

Nous connaissions peu de choses sur Jacques Coblence et David Néguev. Les archives de la police judiciaire possédaient un dossier sur le premier. Il avait escroqué deux ans auparavant un commerçant. En revanche, le second n'était pas fiché. Nous travaillâmes sur cette nouvelle affaire sans passion.

La maigre silhouette de Coblence semblait avoir été croquée par un dessinateur dont le crayon de bois aurait tracé le mouvement ample d'une chevelure rousse et longue pour, sans lâcher la main, tirer le trait du front et celui d'un nez droit, pointu, légèrement relevé au-dessus d'une moustache aussi fine que les lèvres qu'elle surmontait.

Il portait toujours les mêmes vêtements : un pull acrylique blanc à col roulé, un pantalon à carreaux jaunes dont le bas se cassait sur une paire de bottines à talon. Et les jours de pluie, il se protégeait d'un imperméable vert aux pans tachés de graisse. Jacques Coblence habitait seul un appartement de l'avenue Junot, en bas de la butte Montmartre. David Néguev occupait, avec sa femme et ses trois enfants, un logement de deux pièces situé sur le boulevard de Belleville.

L'après-midi même du premier jour de surveillance, aux alentours de quinze heures, Néguev vint chercher

Coblence. David Néguev arriva dans une guimbarde américaine et se gara en double file. Il resta au volant. Une minute plus tard, Jacques Coblence le rejoignait. Appuyé sur une béquille, la jambe droite plâtrée, il sautillait sur un pied.

Toutes les sciences criminelles s'accordent sur ce point : peu de handicapés braquent les banques ! Nous conclûmes donc que Jacques Coblence ne représentait pas un danger immédiat pour la société. Par conscience professionnelle, je photographiai Coblence lorsqu'il s'engouffra dans la voiture, et pris plusieurs clichés de Néguev.

Nous les suivîmes. Les deux compères se rendirent rue de Crimée. Là, ils entrèrent *Chez Nicole,* un bar fréquenté par les voyous, d'où ils ressortirent deux heures plus tard. Au sein du groupe, nous étions d'accord pour laisser Coblence et son compagnon à leur médiocrité apparente.

Pourquoi le divisionnaire nous obligea-t-il à continuer les planques ? Personne, jamais, ne le sut. Mais quand l'affaire devint un scandale politique, les membres de la commission d'enquête de l'Assemblée nationale, chargée d'examiner les faits, avancèrent l'idée que le maintien de la surveillance de Jacques Coblence et de David Néguev était le premier signe d'un complot d'État. À l'époque, rien ne nous indiquait encore que le comte Charles-Henri de Châtillon, député, homme d'affaires et ancien trésorier du parti du président de la République serait assassiné.

Pour respecter les consignes du divisionnaire, nous faisions le guet, chaque jour, devant le domicile de Coblence et attendions que Néguev vienne le chercher à quinze heures. Puis nous les suivions.

Ils passaient par l'hôpital avant de s'asseoir de longues heures sur les tabourets placés devant le zinc de *Chez Nicole*. Et, à l'heure du journal télévisé, ils rentraient chez eux jusqu'au lendemain.

Nous semblions condamnés à l'ennui lorsque l'enlèvement de Bernard de Saint-André nous tira de la morosité. En une journée, toutes les forces du quai des Orfèvres furent mobilisées. La «criminelle» détacha ses meilleurs officiers auprès de notre brigade.

Les six groupes de l'antigang organisèrent une permanence vingt-quatre heures sur vingt-quatre et un directeur des Renseignements généraux s'installa au domicile de Bernard de Saint-André. Or, la présence de ce flic troubla les esprits les plus logiques. Un haut responsable des RG établi à demeure dans les murs du plus important entrepreneur d'Europe était inhabituel. Elle plaça ce rapt, et ce, dès son début, dans une zone d'ombre.

Le versement d'une rançon était-il le seul mobile du crime ? Beaucoup d'observateurs pensèrent que l'enlèvement de Bernard de Saint-André était un complot. Des actionnaires puissants du groupe auraient voulu écarter le dernier membre de la dynastie Saint-André. Une version des faits qui, aujourd'hui encore, reste à démontrer. Des journalistes tentèrent en vain de démêler l'écheveau de cette affaire.

Depuis trois semaines, les ravisseurs nous faisaient voyager sur toutes les routes de la région parisienne. Par téléphone, ils nous indiquaient un lieu de rendez-vous, nous contactaient puis nous envoyaient ailleurs, dans un autre lieu : hall d'hôtel, bar ou bureau de poste. Et, le soir, après nous avoir fait parcourir cent et même deux cents kilomètres, ils arrêtaient ce jeu de piste pour mieux le reprendre le lendemain. Las de ces randonnées inutiles, la plupart des flics du dispositif relâchaient leur attention.

Pas un seul service de police ne possédait un renseignement permettant d'identifier les ravisseurs de Bernard de Saint-André.

C'était un vendredi d'hiver. L'air froid et humide sentait les gaz d'échappement. Sur l'autoroute, des milliers de voitures aux phares allumés restaient de longs instants sans bouger puis avançaient d'un mètre, s'arrêtaient et repartaient pour s'immobiliser de nouveau. Les conducteurs aux visages fatigués se tenaient raides sur leurs sièges, les bras tendus sur les volants. Certains d'entre eux fumaient, d'autres exprimaient, par des gestes saccadés, leur impatience. Parfois, dans la file des automobiles, un klaxon hurlait. C'était comme un cri de colère aussitôt relayé par les sons sortis des autres avertisseurs.

Au guidon d'une puissante moto, je me tenais au milieu d'une passerelle réservée aux piétons. Elle enjambait les quatre voies de l'autoroute de l'Est. J'y attendais l'information transmise par radio qui m'indiquerait le lieu du prochain rendez-vous imposé par les ravisseurs.

Je devais anticiper l'arrivée de la voiture conduite par un policier où se trouvaient les deux sacs postaux contenant la rançon.

Elle s'immobilisa tandis que je pissais. Je ne quittai pas des yeux le chauffeur qui cherchait le nouveau message censé nous mener à la prochaine étape du jeu de piste.

Le corps penché, il tournait autour de l'arbuste quand, tout à coup, deux hommes sortirent d'un cabanon de jardin. Cagoulés, vêtus de combinaisons de travail, armés de grenades et de mitraillettes, ils avançaient courbés. Ils allèrent à la voiture et s'y engouffrèrent.

Le flic vit les deux truands. Apeuré, il courut sur l'autoroute. J'urinais encore. Braguette ouverte, je saisis le micro de la radio et criai : « Ils arrachent la rançon, ils arrachent la rançon ! »

La voiture fit demi-tour en pleine voie, prit de la vitesse, emprunta, en contresens, une bretelle de sortie, reprit l'autoroute et retourna sur Paris. Je tentai de la rattraper. Le moteur de la moto donnait toute sa puissance. Trois kilomètres plus loin, deux véhicules de l'antigang me dépassèrent. Je les vis se rapprocher des ravisseurs. Puis, il y eut un bruit sourd. Le véhicule des truands se retourna, glissa sur le toit et cogna un pilier de ciment.

Devant moi, plusieurs étincelles jaillirent du rail de sécurité et j'entendis crépiter des armes automatiques. Le pneu avant de mon deux-roues éclata. Ma machine fit une embardée. Je vis, l'une après l'autre, l'image de la roue trop braquée, mes doigts de la main droite serrés sur la poignée du frein, la moto penchée sur le côté droit. Je chutai. Il y eut le choc du métal sur le bitume, une courte gerbe de feu durant la glissade tandis que le pare-chocs d'un camion se rapprochait. Et tout s'arrêta.

Je me relevai, avançai l'arme à la main. Les ravisseurs étaient bloqués dans le fossé. Des coups de feu retentirent et, sur les bas-côtés, des petites mottes de terre explosèrent. L'air sifflait, des pare-brise éclataient, et, soudain, la pluie tomba.

J'entendais au loin le hurlement des sirènes deux tons. Les secours arrivaient lorsque l'un de mes collègues attacha, dans le dos, les mains d'un des deux truands. Il serra les menottes et, d'un coup de pied, le fit tomber. Puis, il le saisit par le col de la combinaison en lui demandant de s'agenouiller.

L'homme était caché à la vue du public par la carcasse de voiture qui vibra au choc de la déflagration. Il s'effondra lorsque la balle de revolver entra dans sa poitrine.

L'autre voyou, blessé à la tête, était allongé au milieu de la route. Des flics lui demandaient où était enfermé Bernard de Saint André. Il se taisait. Les poulets le bousculaient. En vain. Je lui relevai la tête pour enfoncer le canon de mon revolver dans sa bouche. J'armai le chien et menaçai de le tuer.

J'ai hurlé : « Dis moi où il est ou je te bute ! »

L'homme me regarda fixement. Il resta silencieux.

Je remis mon arme à la ceinture.

Bernard de Saint-André n'était pas pour autant libéré. Nous ignorions toujours où il était retenu. Mais ses geôliers écoutaient la radio et toutes les chaînes avaient annoncé l'échec de leurs complices. Il n'y avait pas de temps à perdre.

Le patron de la criminelle, surnommé « Bonaparte 36 » en raison de ses origines corses et de son pouvoir important au quai des Orfèvres, interrogeait déjà Matthieu, l'homme arrêté sur l'autoroute.

Ce n'était pas le simple face-à-face d'un flic et d'un voyou. L'un et l'autre n'ignoraient rien de l'enjeu. Tous les deux étaient conscients que les rapports de forces étaient inversés. Le truand avait le pouvoir de sauver l'otage. Le poulet dépendait de son bon vouloir.

Tous les officiers de la brigade de répression du banditisme, des stupéfiants, de la criminelle et de l'antigang savaient que dans une pièce du second étage, derrière des portes capitonnées, se décidait non pas la vie d'un homme mais la réussite ou l'échec du grand patron de la « crim' ». Sa défaite signifierait la fin de sa réputation.

L'entretien commença par un long silence. Il dura quinze, vingt secondes, peut-être plus.

Bonaparte se fit aimable et parla le premier.

« Tu perçois la situation ? »

Matthieu se tut et, d'un air fataliste, il leva les yeux.

Le commissaire se racla la gorge. Il craignait de prononcer un mot maladroit. Pour se donner une contenance, il s'appuya sur les bras du fauteuil et se redressa, puis se pencha vers Matthieu.

Bonaparte ne lui cacha pas qu'il ne connaissait pas le lieu de séquestration. Il mettait ainsi d'emblée son interlocuteur devant ses responsabilités. Il pouvait obtenir la libération de l'otage. Un geste, s'il le faisait, que la cour d'assises apprécierait plus tard, à coup sûr.

Le commissaire n'hésita pas.

« Matthieu, je m'engage à témoigner en ta faveur si tu téléphones...

— Taisez-vous. Vous me faites sourire, commissaire ! »

Le ravisseur hocha la tête et ajouta : « Me croyez-vous naïf ? Je sais que votre ligne est écoutée. Vous me proposez de faire joujou avec le cadran de votre téléphone pour que vos sbires décodent le numéro et l'identifient. Vous me demandez de donner mes complices ! »

Bonaparte joua l'indigné. Il se leva, marcha dans son bureau, agita les bras au ciel et s'exclama : « Enfin, merde, sois réaliste ! Il n'est pas possible de mettre tous les téléphones sur écoute. Fais-moi l'honneur de me croire, il y a plus de mille postes dans ce bâtiment. »

Matthieu se tut mais acquiesça d'un signe de la tête. Bonaparte en profita pour pousser son avantage. « Je te propose de choisir toi-même, au hasard, un téléphone dans l'un des trois cents bureaux. Cela te va ? »

Deux minutes plus tard, Bonaparte et Matthieu marchaient ensemble dans les longs couloirs, encadrés par quatre gardiens de la paix. Le truand s'amusait de la situation et semblait profiter de cet instant qui ressemblait à de la liberté. Il déambulait, les poignets sans menottes et conversait avec Bonaparte sur des choses anodines. Il monta un étage, redescendit, revint dans le corridor qui conduit à la brigade criminelle et, tout à coup, s'arrêta. Il tendit le bras droit, désigna du doigt le vestibule où étaient entreposées des archives. Il entra seul dans la pièce. Une minute plus tard il en sortit et dit seulement : « C'est fait ! » Il avait obtenu de ses complices qu'ils relâchent Bernard de Saint-André.

Le flic et le truand retournèrent dans le bureau et, avec deux tasses de café, trinquèrent au triomphe de la raison. Bonaparte savourait sa victoire. Il avait vaincu Matthieu et ce dernier ne le savait pas.

Depuis plus de deux heures, c'est-à-dire avant même son arrivée au quai des Orfèvres, une consigne générale avait été donnée à tous les fonctionnaires. Elle interdisait d'utiliser les téléphones.

Des spécialistes des écoutes du contre-espionnage se tenaient devant l'armoire électronique du standard central. Ce fut un jeu d'enfant pour eux de repérer l'appel, de le localiser et d'identifier le pavillon de banlieue où se trouvait l'otage.

Sitôt Bernard de Saint-André libéré, une trentaine de flics donnèrent l'assaut et arrêtèrent les complices de Matthieu.

Le lendemain matin, tous les journaux titraient sur « LE SUCCÈS DE L'ANTIGANG » avec pour sous-titre : « UN RAVISSEUR ABATTU PENDANT LA FUSILLADE ».

Quelques jours plus tard, le ministre de l'Intérieur organisa une réception. Le divisionnaire et ses hommes y reçurent les félicitations officielles de la République. Mais, trop nombreux, nous ne pouvions pas tous assister à la cérémonie. Le patron choisit dix fonctionnaires. Il prit un critère de sélection : ceux qui avaient tiré le plus de cartouches sur l'autoroute.

CHAPITRE XVII

J'ai rencontré la mort, pour la première fois, le jour de mes dix ans. Elle s'était invitée pour mon anniversaire et s'était montrée douce, sentimentale et attentionnée. Elle n'avait rien d'effrayant.

Je l'ai aperçue par l'entrebâillement d'une porte de chambre qui, doucement, s'est refermée pour préserver cinquante ans d'amour.

La mort attendait que le vieil homme s'agenouillât au chevet de sa femme pour finir son œuvre. Elle patienta jusqu'aux murmures des derniers mots et se fit discrète lorsque « mamie » prit la main de mon grand-père pour la caresser et la serrer dans l'ultime instant. Elle portait toute la beauté des sentiments humains.

Mon grand-père pleurait. Il sortit de la chambre J'attendais qu'il me dise : « C'est fini », mais les yeux emplis de larmes, il me caressa les cheveux et me confia seulement : « Mamie est partie. »

La famille entra dans la pièce mortuaire. Ma mère me demanda d'aider un oncle venu du Pas-de-Calais pour la circonstance. Nous devions descendre le corps dans le salon. Nous enveloppâmes la dépouille dans un drap et la transportâmes, à petits pas, dans un couloir, avant de descendre un escalier. À chaque marche, j'entendais un râle.

Ma mère cria : « Elle est encore vivante. » Mon oncle, tout en portant le corps avec moi, lui expliqua que le souffle que nous percevions était le rejet de l'air encore contenu dans les poumons.

Mon cerveau enfantin pensa alors que ma vieille mamie s'était abstenue, par pudeur, de rendre son dernier souffle devant mon grand-père.

Cette mort-là ne ressemblait en rien à celle qui, désormais, habitait mon sommeil. Rester éveillé devenait une obsession. Je faisais donc appel à mes vieilles complices : les drogues. Je mélangeais les prises d'amphétamine et de cocaïne. Grâce à des doses de plus en plus fortes, je repoussais, un peu, la mort sale et violente.

CHAPITRE XVIII

Les surveillances de Jacques Coblence et de David Néguev ne nous apportaient rien. David Néguev faisait partie de ces hommes qui refusent de sortir de l'adolescence. Au volant de sa vieille voiture américaine, il se donnait l'allure d'un héros de feuilleton américain. En costume blanc ou de daim, il se chaussait de bottes de cow-boy et fermait le col de ses chemises à carreaux rouges d'une sorte de lacet aux extrémités recouvertes d'un cône argenté. Néguev déambulait ainsi, dans la rue, précédé de Coblence qui sautillait sur un pied. Deux clowns jouant aux voyous.

Depuis mon arrivée au sein du groupe de l'antigang, les collègues m'avaient délégué le soin de rédiger tous les rapports de surveillance et de traiter les synthèses des écoutes téléphoniques. Or, les conversations tenues sur leurs lignes et celle du bar *Chez Nicole* indiquaient que nos deux hommes avaient de nombreux contacts avec des gens du milieu parisien. *Chez Nicole* était pour eux une sorte de bureau, où Coblence et Néguev rencontraient des personnages dont certains, parfois, appartenaient à la voyoucratie française.

Nous décidâmes de concentrer nos efforts rue de Crimée. Chaque matin, je garais le « sous-marin », le « soum » comme nous le surnommions, à quelques mètres seulement de *Chez Nicole*.

Je restais des journées entières le regard fixé sur la porte du bar et notais les heures d'arrivée de tous les clients après les avoir photographiés.

Le cercle des relations de Coblence et de Néguev me devint ainsi familier. Je procédais avec méthode et comparais les heures des rendez-vous donnés par téléphone avec celles des venues *Chez Nicole*. Ce simple rapprochement me permettait de connaître le prénom de l'individu qui poussait la porte du bistrot puisque, souvent, il avait été prononcé lors de la conversation.

Je consignais sur les pages d'un cahier d'écolier tout ce que je voyais et collais les photographies prises sur place. Il suffisait parfois qu'un ancien de la brigade consulte le document pour qu'il identifie telle ou telle personne.

La plupart du temps, le numéro d'immatriculation de leur véhicule suffisait à déterminer leur identité. En quelques semaines, mon petit cahier devint le répertoire illustré du grand banditisme.

L'adage populaire selon lequel il ne faut pas se fier aux apparences se vérifiait. Jacques Coblence, David Néguev, même accoutrés comme des clowns, connaissaient du beau monde. Ils fréquentaient des braqueurs, des casseurs, des proxénètes et des trafiquants internationaux en tous genres. Avec de la patience, l'un des membres de cette confrérie de hors-la-loi tomberait dans nos filets. Nous l'espérions. Mais un événement aussi anodin qu'inattendu vint troubler l'ordre des choses.

C'était déjà l'hiver. Une pluie glacée tombait sur la ville et, en cette fin d'après-midi, des camions verts aux culs orange répandaient du sable et du sel sur les chaussées. Les voitures roulaient doucement, les phares allumés ; certaines d'entre elles glissaient et les roues cognaient sur la bordure du trottoir. Les piétons, peu nombreux, marchaient près des immeubles, une main appuyée sur les murs des façades.

Je regardais ces scènes de la rue oubliant, un peu, de surveiller l'entrée de *Chez Nicole*. J'imaginais le métier des gens, leur tempérament selon qu'ils se tenaient droit ou penché sur le verglas et qu'ils portaient une sacoche de cuir ou un attaché-case. Je m'amusais du gros chien dont les pattes patinaient tirant sur la laisse tenue par son maître en équilibre précaire. Je me moquais de la dame, un peu vieille, le visage maquillé pour atténuer les rides qui, emmitouflée dans un col de fourrure, s'impatientait du pipi de son petit toutou aux poils enrubannés. Je souriais en observant les cinq adolescents peu vêtus qui chahutaient sans se préoccuper ni du froid ni des risques de chute.

Assis sur la banquette arrière, je grelottais au fond

du « sous-marin » quand la radio me ramena à ma réalité de flic.

Il s'agissait d'un message échangé sur la fréquence « inter-voitures ». Cela signifiait que la conversation se tenait à quelques mètres de l'endroit où j'étais. Des flics parlaient donc entre eux sur les ondes du dispositif de surveillance, et ce, sans passer par l'état-major de la police judiciaire. Et ces collègues n'étaient pas de notre service.

Pourtant, à les écouter, ils se transmettaient les mêmes observations que les nôtres. Ils planquaient, eux aussi, sur le bar *Chez Nicole*. La situation était aussi surprenante que désagréable. Les poulets détestent que d'autres poulets travaillent, incognito, sur les mêmes objectifs.

Quelques minutes plus tard, le doute n'était plus permis. Je tendis l'oreille. Une voix, nasillarde, alertait les mystérieux flics de la sortie, de *Chez Nicole*, d'un homme et, pour éviter toute erreur, précisait sa tenue vestimentaire, indiquait qu'il se rendait au coffre de sa voiture, l'ouvrait et en tirait un porte-documents avant de traverser, de nouveau, la rue et de rentrer dans le bistrot. Je voyais la même chose.

Le Sancerrois, à bord d'une voiture banalisée, se tenait dans une ruelle située à une cinquantaine de mètres derrière moi. Je reconnus sa voix. Il demandait quel était le service de police qui parlait sur notre fréquence radio. Il répéta sa phrase quatre fois et se mit à insulter « les zozos qui bossent sur le secteur ». Mais personne ne répondit. Il envoya alors le Marquis prospecter le quartier pour découvrir les intrus.

Ils n'étaient pas loin ! Une camionnette de planque était garée juste en face de *Chez Nicole*. Le Marquis la reconnut facilement puisque ce véhicule appartenait à l'antigang. Elle avait été empruntée le matin même. Ainsi, le divisionnaire, notre patron, savait qu'un autre service de police travaillait sur les mêmes individus que nous. C'était incroyable !

Le Sancerrois avait sa tête des mauvais jours. Il alla frapper, à coups de pied, dans le bas de caisse de la camionnette. Rien. Personne ne se manifestait. Il fallut que le Sancerrois menace de briser la vitre avant « de piquer et ramener la caisse au quai des Orfèvres » pour qu'apparaisse dans l'encoignure de la porte — qui sépare la cabine du conducteur du plateau arrière — un nez, puis une paire de lunettes puis encore une tignasse brune et enfin Robert Vanday, officier à la dix-septième brigade territoriale !

Nous étions sept flics à converser sur le trottoir. Le Sancerrois haussait le ton, demandait des explications. Robert Vanday, embarrassé, se tournait vers ses deux collègues sortis de voitures stationnées dans les rues alentour et qui l'avaient rejoint. Nous étions trois à soutenir le Sancerrois et chacun de nous y allait de mots indignés, de paroles peu aimables et même de quelques insultes.

Le Sancerrois insistait pour connaître la vérité. Vanday bégayait ses réponses. Il prétendait ne pouvoir pas dire grand-chose. Lui et ses deux collègues étaient sur un « gros coup ». Ils avaient un « indicateur installé dans le rade qui négociait, par l'intermédiaire d'un certain Jacques, des faux bons du Trésor ». Nous nous séparâmes sur ces derniers mots et levâmes la surveillance. Il était l'heure de rejoindre nos domiciles respectifs.

Le lendemain matin, à peine arrivé au bureau, le Sancerrois informa le divisionnaire de cet incident. La réponse fut cinglante. Elle se limita à un « Je sais déjà ! » accompagné d'un geste vif de la main pour conclure la conversation. Le Sancerrois, connu pour sa gouaille, demanda au divisionnaire s'il n'était pas « le petit cousin de madame Irma, la célèbre voyante qui était la cousine de sa mère, ce qui signifierait, ajouta-t-il, que nous serions de la même famille ».

Le divisionnaire n'aimait pas le Sancerrois. Il le trouvait vulgaire et ses manières de titi parisien l'agaçaient. Avec mépris il lui répondit que tout était réglé, que son collègue, le commissaire principal de la dix-septième brigade territoriale, l'avait averti, dès hier soir, de la rencontre avec ses hommes et que nous gardions l'affaire.

Mais de quelle affaire s'agissait-il ? Nous nous intéressions à Jacques Coblence et à David Néguev dont l'emploi du temps se limitait à rencontrer des voyous dans un bar. L'attitude du divisionnaire me sembla étrange. Ce comportement troubla aussi mes collègues.

Dès lors, nous eûmes tous, au sein du groupe, une réticence à travailler sur Coblence et Néguev, ou plutôt nous ressentions une gêne vis-à-vis des consignes données par le patron.

Un sentiment instinctif, mal défini, nous laissait prévoir un développement de cette affaire. Sur le fond, nous comprenions l'importance qu'accordait le divisionnaire à ces personnages troubles qu'étaient Coblence et Néguev, aux individus qu'ils côtoyaient *Chez Nicole*, sans toutefois pouvoir en apprécier l'intérêt policier.

Cette sensation devint encore plus grande quand j'appris que Bob, un collègue qui, il y avait maintenant plusieurs semaines, s'intéressait, sans trop le comprendre, à un trafic international de faux bons du Trésor, quittait la brigade. Il retournait dans sa ville natale, une petite cité balnéaire de la Côte d'Azur, affecté dans le commissariat dont il rêvait depuis bientôt dix ans.

C'était sans doute le hasard. Mais cette circonstance mystérieuse, cachée dans le labyrinthe des services de l'administration, donnait à cette mutation un caractère étrange. Elle arrivait à point nommé, au moment où, malgré nous, nous découvrions que Coblence et Néguev étaient, si j'en croyais le flic de la dix-septième brigade territoriale, les intermédiaires d'un commerce illicite de faux bons du Trésor.

Les jours qui suivirent notre rencontre avec les officiers de la « dix-septième », le divisionnaire devint aimable, se passionna pour notre travail au point de nous demander, chaque soir, où en étaient nos filatures, nos planques et nos écoutes téléphoniques. Elles en étaient nulle part. Il nous conseilla la persévérance, « mère de toutes les vertus » affirma-t-il, en claquant la porte de notre bureau. Après chacune de ses visites, le Sancerrois mimait le divisionnaire et donnait une version différente de la maxime en clamant : « Dans la flicaille, la persévérance est la merde de toutes les vertus. »

CHAPITRE XIX

Je n'avais pas vu Éric depuis une dizaine de jours. Lui qui poussait le sens de l'amitié jusqu'à la jalousie s'inquiétait de ce silence. Éric avait l'art d'interpréter de fausses colères pour exprimer ses sentiments et cacher sa pudeur. Il était toujours gêné de réclamer des nouvelles de ceux qu'il aimait. Théâtral, il me reprocha de l'abandonner et me fit une longue leçon sur la fidélité. C'était sa façon de me dire qu'il se sentait seul, profondément seul, alors que son statut de vedette à la télévision attirait, autour de lui, une foule de courtisans.

Dans ces moments là, il y allait d'une citation empruntée à je ne sais quel auteur : « La fidélité ne s'affirme vraiment que là où elle défie l'absence. » Sitôt prononcée, il raccrochait le combiné de téléphone sans même dire au revoir. C'était sa manière de m'inviter pour le soir même. Du coup, je passai la nuit dans les lieux les plus excentriques et malfamés de Paris en sa compagnie.

Le lendemain matin, installé sur le siège de mon bureau, je tentais d'écouter le Sancerrois et les autres s'inquiéter du travail que le divisionnaire nous avait confié. Je n'entendais rien de leurs conversations. J'étais encore sur une piste de danse à gesticuler, à me déhancher la chemise ouverte parmi les noctambules. Les uns maquillés, les autres déguisés ou presque nus s'identifiaient, par la grâce d'une drogue nouvelle arrivée de New York, à Dieu, à moins que ce ne fût au Diable.

J'ôtais un confetti rose des poils de ma poitrine lorsque le Sancerrois me demanda ce que je pensais de l'obstination du divisionnaire à maintenir les surveillances sur Coblence et Néguev. Je commis l'erreur de répondre : « Rien ! » Le mot l'exaspéra.

Le Sancerrois, qui était l'officier le plus ancien du groupe, avait, autrefois, connu des affaires qui avaient fini en scandale. Il me traita « de connard aveugle » et se tourna vers Kao, Poussin et le Marquis qui se firent engueuler eux aussi.

Le Sancerrois était convaincu que le divisionnaire nous manipulait. Il était inconcevable d'ignorer sur quoi nous bossions. « Vous êtes bien braves mais idiots », ironisa-t-il avant de nous rappeler une histoire vieille d'une quinzaine d'années. Un opposant à un roi arabe avait été enlevé à Paris. Il s'en souvenait bien, le Sancerrois. Il nous raconta comment deux flics, deux de ses anciens copains, s'étaient retrouvés devant les tribunaux parce qu'ils n'avaient « rien gambergé à l'embrouille ».

Le Sancerrois exagérait. Son inquiétude, selon moi, tenait plus de la paranoïa que de la raison. Après tout, l'insistance du divisionnaire à nous faire suivre des gens qui ne commettaient ni crime ni délit ne laissait en rien supposer que nous allions droit vers un scandale d'État. Je prenais alors l'instinct des anciens pour du gâtisme précoce.

Je proposai dans la foulée d'organiser un rendez-vous avec Robert Vanday, l'officier de la dix-septième brigade, afin de clarifier nos rapports. Deux jours plus tard, nous déjeunions tous au *Rat mort*, le restaurant de la préfecture de police, installé au cœur de l'île de la Cité et surnommé ainsi pour ses plats indigestes.

Robert Vanday se faisait craquer les doigts et prenait, l'une derrière l'autre, une cigarette de son paquet de Gauloises, la portait à ses lèvres, l'allumait et, après une seule bouffée, l'écrasait dans le cendrier.

Nous abordâmes le sujet à la fin du repas juste après avoir bu une tasse de café accompagnée du premier verre de noyau de Poissy, un alcool fort et sucré au goût d'amande que le distillateur vendait, en exclusivité, à la maison poulaga.

L'officier Vanday commença son récit en nous demandant de préserver la confidentialité de notre conversation. Cette précaution oratoire ne fit qu'augmenter notre curiosité. Il nous expliqua alors qu'un de ses informateurs, « un homme sérieux, aux nombreuses relations politiques et proche des services de renseignements français », négociait, pour le compte d'un ancien ministre, des faux bons du Trésor et avait été chargé de mettre en place un réseau de truands afin de les écouler le plus rapidement possible. Les bénéfices de ce trafic paieraient des achats d'armes revendues ensuite à une nation du Proche-Orient en conflit avec un pays du golfe Persique.

Les propos de Vanday me semblaient inspirés du scénario d'un mauvais film. Il devait être un peu fada et son délire le projetait dans une histoire abracadabrante racontée par son « indic » afin de se valoriser. Vanday ajouta que ce commerce illicite était couvert par le gouvernement français.

J'observai mes quatre collègues. Le Marquis, les yeux écarquillés, se frottait la tête, Poussin ne cessait pas de glousser : « C'est génial » tandis que Kao, les joues rougies par l'alcool, s'assoupissait. Seul le Sancerrois prenait au sérieux les dires du condé de la « dix-septième » et les notait sur un carnet.

Vanday ne nous avait pourtant pas encore confié l'essentiel. Avant de poursuivre, il se tut, ôta ses lunettes et nettoya les verres avec le coin de la nappe de papier. Nous le regardions tous en silence.

Il reprit la parole et nous apprit alors que son informateur était convaincu que l'ex-ministre chargé de récolter les fonds du trafic des faux bons du Trésor et de les réinvestir avait détourné à son profit une partie de l'argent et que des gens importants et dangereux avaient décidé de « l'envoyer au royaume des carpes ».

Vanday nous précisa que des tueurs avaient déjà été contactés. Nous les connaissions. C'étaient Jacques

Coblence et David Néguev. L'assassinat était programmé, selon lui, pour les semaines à venir.

Coblence et Néguev ! Les deux zozos, objets de toute notre attention depuis des lustres, passèrent ainsi, le temps d'une fin de conversation, du statut aléatoire de braqueurs à celui de tueurs professionnels.

Surpris, je demandais à Robert Vanday s'il était certain de ce qu'il nous racontait. Il hocha la tête et, pour me convaincre, sortit de la sacoche de cuir qui ne le quittait pas depuis le début de notre rencontre deux rapports officiels. Des procès-verbaux qu'il avait remis à son patron et transmis à la direction de la police judiciaire.

Tout ce qu'il venait de nous raconter était consigné sur les quatre feuilles à en-tête de la République frappées du sceau de la Marianne et signées Robert Vanday. Je tenais dans les mains un document officiel disant à la haute hiérarchie policière qu'un ami du président de la République, ancien ministre, allait se faire assassiner. Le nom de la future victime apparaissait sur une pièce jointe au rapport sous forme d'annexe biographique. Il s'agissait du comte Charles-Henri de Châtillon.

Et je lisais : « Le comte Charles-Henri de Châtillon fut, sous l'actuelle République, ministre trois fois et élu, par deux fois, à la Chambre des députés. Engagé très jeune dans la politique, il occupa, durant plus de dix ans, des postes prestigieux à l'Unesco, au Conseil d'État et dans des commissions parlementaires. Cette succession de postes lui permit d'élargir son cercle de relations mais, un peu naïf, selon les Renseignements généraux, il ne perçut point que son nom et son rang étaient, pour quelques gens, un sésame. Très vite, il se lia d'amitié avec des personnes douteuses et se lança, avec quelques-unes d'entre elles, dans les affaires. Ces activités commerciales intéressèrent plusieurs services de police qui mirent en exergue ses mystérieux contacts avec le petit monde fermé des marchands d'armes œuvrant dans les pays du Maghreb. C'était l'époque où l'Assemblée nationale lui avait confié, sous le prétexte de développer la présence culturelle française — et ce, sous l'égide du ministère des Affaires étrangères —, la présidence de l'Association des échanges franco-arabes (AEF). Il profita alors de sa position pour créer, avec plus ou moins de succès, des entreprises d'import-export. Et apparurent, autour de lui, des individus aux noms connus des services de police pour des escroqueries d'ampleur internationale. Par ailleurs, le comte Charles-Henri de Châtillon fut trésorier du PDF, le Parti des démocrates français, et c'est à ce titre qu'il participa activement à l'élection de son ami, l'actuel président de la République. »

Nous rentrâmes au quai des Orfèvres un peu sonnés par les révélations de Vanday. Le lendemain, nous fûmes obligés d'accepter la réalité. Une indiscrétion d'un de mes amis de l'état-major me confirma que le divisionnaire connaissait tout de cette histoire depuis cinq semaines. Une réunion de tous les hauts responsables de la police judiciaire s'était tenue chez le directeur. Le cas du comte de Châtillon y avait été évoqué. Le divisionnaire s'était vu chargé de s'occuper, discrètement, de cette affaire. Les consignes venaient du ministère de l'Intérieur, me confia encore mon ami.

Le Sancerrois qui, jusqu'ici, avait été le plus clairvoyant d'entre nous changea tout à coup de comportement. Il y avait quelques jours, il nous reprochait de « ne rien gamberger aux embrouilles ». Maintenant, il nous conseillait « de nous contenter des informations que nous avions reçues », « de comprendre la complexité des intérêts d'une affaire d'État ». Il nous encourageait désormais à « travailler sur cette affaire sans poser de questions ».

Son nouveau discours intervint après un entretien avec le divisionnaire et l'annonce de sa promotion. Le Sancerrois était nommé, officiellement, chef de groupe. Ce jour-là, je me désolidarisai de mon collègue.

Comment admettre qu'un homme en danger de mort ne soit ni prévenu ni protégé ? Je ne pouvais accepter une mission qui risquait de faire de moi le complice passif d'un éventuel meurtre. En outre, j'estimais que cette affaire n'était pas du ressort de notre brigade.

J'étais convaincu que ce genre de dossier où se mêlaient des faussaires, des financiers véreux, de la politique et la préparation d'un meurtre devait être laissé à un service secret, plus à l'aise que nous dans tous ces domaines à la fois.

Personne, chez nous, ne connaissait le milieu des

ventes d'armes, les méandres des financements occultes, les liens troubles de la politique qui unissaient le comte de Châtillon aux magnats de l'escroquerie.

Le divisionnaire, par la voix du Sancerrois, nous demandait ni plus ni moins d'exécuter aveuglément des consignes, et ce, au nom d'un pseudo-devoir de fonctionnaires ! Je refusais de me baigner dans les eaux sales de la magouille politico-policière. Je n'acceptais pas de servir les intérêts particuliers d'un divisionnaire, chef de l'antigang, qui rêvait sans doute de devenir directeur de la police judiciaire ou préfet. Mon attitude me conduisait droit aux ennuis. Je le savais, du moins je le pressentais. Qu'importe ! La désobéissance, dans certains cas, est un devoir civique.

J'étais seul désormais au sein du groupe à contester les ordres du divisionnaire. Je le fis d'ailleurs en des termes peu habiles lorsque je le croisai dans un couloir. À mon : « Je refuse de monter dans votre galère », le divisionnaire répliqua par : « Monsieur, vous savez... les flics appartiennent à une communauté. Ce ne sont pas les états d'âme d'untel qui la remettront en cause, je ne l'autoriserai jamais. » C'était un avertissement. Je ne le compris pas.

Je préservai l'avenir par instinct. L'apparition de la photocopieuse avait changé les rapports de forces entre les fonctionnaires de base et la haute hiérarchie. Peu de gens perçoivent l'importance de cette révolution au sein de la police. Jusqu'ici, les chefs de la « grande maison » étaient les seuls à posséder le savoir, à le chérir et le préserver. Qu'une affaire soit sensible et, aussitôt, les doubles calqués au papier carbone qui la relataient rejoignaient quelques tiroirs discrets. Les documents attendaient là, loin des curieux, et réapparaissaient le jour où une position sociale serait menacée ou, le temps venu, pour une négociation en vue d'un poste prestigieux.

Ce système régissait depuis toujours l'ordre des pouvoirs internes à la police. La photocopieuse avait changé cette donne et bouleversé la répartition des secrets. La machine mettait le chantage à la portée des petits fonctionnaires et les protégeait eux aussi.

Je multipliai autant de fois qu'il me parut nécessaire les photocopies des procès-verbaux, des notes confidentielles, des rapports de filatures et de surveillance, des comptes rendus d'écoutes téléphoniques. Je les empilai dans des chemises cartonnées.

Dans les semaines qui suivirent mon altercation avec le divisionnaire, je sentis la nécessité de protéger la moindre de mes découvertes. Je la photocopiais et la classais dans mes dossiers personnels cachés, sous des noms d'emprunt, dans trois coffres-forts de banques différentes.

CHAPITRE XX

Le malaise s'était installé dans les moindres parcelles de ce que j'avais encore de vivant. Mon corps semblait lourd, le moindre geste devenait pénible et me lever d'un lit, me laver, m'habiller ou, pire, marcher dans la rue me demandait de la volonté.

Mes muscles étaient douloureux et, parfois, en pleine journée, j'étais pris de haut-le-cœur et me cachais pour vomir. Des spasmes contractaient mon estomac, bloquaient ma respiration. Mon esprit était neutralisé par une sorte d'angoisse permanente. Elle empêchait toute concentration. Je ne pouvais plus penser à rien d'autre que cette foutue affaire du comte de Châtillon.

Je tentais parfois de m'échapper vers d'autres idées, mais c'était impossible. Les discussions avec mes collègues, leurs attitudes, l'altercation avec le divisionnaire, les confessions de Robert Vanday et mes craintes de l'avenir s'imposaient à mon cerveau. Mon sentiment de solitude devenait un constat de désespérance.

Je ne croyais plus à la police, à ses missions, n'aimais plus son folklore et la liberté qu'elle m'avait donnée. Seul, je vivais avec les morts, et ce passé était trop lourd.

Je repoussais tout ce que la flicaille m'avait fait connaître. Je voulais oublier les magouilles, les amitiés trahies, les petites combines, les putes et les maquereaux, les voyous minables, les voleurs et les meurtriers. Il aurait fallu que je me renie pour sortir de cette situation tant ce que j'avais vécu était ancré au fond de moi. Rien de tout cela ne pouvait disparaître.

Je pressentais que même le suicide ne pourrait plus répondre à mon souhait le plus secret. Comment faire marche arrière et retrouver l'ancienne envie de vivre. C'était trop tard. Je n'étais plus un être humain, mais un homme-flic entremis avec la lie de l'humanité.

Depuis quelques jours, j'avais l'étrange sensation d'être accompagné partout où j'allais. Je me sentais épié. J'étais persuadé qu'il y avait, à côté de moi, une présence invisible. Parfois, dans les rares instants où elle me laissait tranquille, je m'interrogeais sur mon état de santé mental. N'étais-je pas en train de perdre la raison ? Le vécu de toutes ces années avait déjà gommé toutes mes émotions. Rongeait-il le reste de mon bon sens ? J'espérais encore que ce sentiment bizarre n'était que le fruit de mes tourments lorsque se produisit une curieuse rencontre.

Il était une heure passée de l'après-midi. Nous déjeunions, Éric et moi, dans une grande brasserie du boulevard Saint-Germain. Nous nous installions toujours à la même place, une table située au centre de la salle, à sept pas de la porte d'entrée. Cela faisait partie, pour Éric, du cérémonial social. Il aimait se montrer et, placé ainsi, les hommes et les femmes qui faisaient le Tout-Paris ne pouvaient lui échapper.

Il profitait de sa situation assise, au centre du restaurant, pour interpeller telle ou telle personne, écrivain, personnalité politique ou acteur qui fréquentait ce lieu et lancer, en deux mots aimables, une invitation pour son journal télévisé, fixer le jour d'un dîner ou demander un rendez-vous à un ministre.

Un homme au regard étrange se présenta à notre table ce jour-là. Il m'examina. Je ne voyais que ces yeux, très grands, ronds, dont la couleur indéfinissable aurait pu être l'œuvre d'un peintre ayant mélangé un bleu d'outremer à un vert émeraude et qui, soucieux d'approfondir le regard, aurait noirci les cils de son modèle. Il déclamait presque les phrases et son accent russe accentuait des syllabes alourdies par des trop-pleins de « r » et de « l » tandis qu'il faisait gronder la terminaison des mots. L'homme me désigna du doigt et s'adressa à Éric : « Je veux voir ami à toâ. Lui tlavaille dans joustice. Lui urlgent parrlé avec moâ. Alrrange toâ pour olganiser rendez-vous. »

L'homme s'éloigna. Troublé, je demandai à Éric s'il connaissait ce drôle de type. Éric leva les yeux au ciel et me parla de Boris en termes prudents et inquiets. C'était un voyant connu dans le Tout-Paris pour être le conseiller occulte d'un Premier ministre.

Un jour, deux ou trois ans auparavant, il avait croisé Éric dans ce même restaurant et lui avait conseillé de ne pas utiliser sa moto « palce que toâ, oujourd'hui accident ! ». Éric ne l'avait, bien évidemment, pas écouté et avait enfourché son deux-roues. Au premier carrefour, une voiture l'avait renversé. La cheville foulée, il s'était fait accompagner, chez lui, en ambulance. À peine arrivé, le téléphone avait sonné. C'était Boris. « Moâ t'alvoir dit pas plrendre moto. » Et il avait raccroché.

Pourtant peu enclin à croire aux prédictions des devins, le récit d'Éric m'impressionna et je lui demandai d'arranger une rencontre avec Boris.

Une semaine plus tard, je me retrouvai face à Boris dans un appartement aux volets clos et aux rideaux de velour noir tirés. Les flammes d'une vingtaine de bougies vacillaient. La pièce ressemblait à un magasin d'antiquités. Des statuettes égyptiennes posées sur la commode Louis XVI, des vases chinois placés sur deux guéridons, une balance aux plateaux de cuivre exposée sur une table d'ébène, des épées de Tolède croisées au-dessus de la cheminée étaient éclaboussés des lueurs ocre, jaunes et blanches des chandelles. Parfois, la faïence, le bois et les métaux laissaient échapper une étoile.

Mal à l'aise dans cet environnement qui semblait conçu pour annoncer de mauvaises nouvelles, je me sentais prisonnier. J'eus, ce jour-là, le sentiment que le malheur rôdait autour de moi et qu'il était trop tard pour m'échapper. J'étais troublé par le silence de Boris, sa façon de me dévisager, son mouvement arrière de la tête qu'il accompagnait d'un léger sourire.

Il considérait, sans doute, son pouvoir comme acquis. Je pris garde de ne point trahir mon émotion par un geste, un mot, une attitude ou même un clignement de paupières.

Boris se versa un grand verre de whisky et l'avala d'un trait. Il emplit de nouveau son verre et le but encore avant d'en descendre un troisième. Je me tenais assis, engoncé dans un fauteuil profond attendant sa première parole avec curiosité et crainte. Il but un autre verre de whisky.

Je n'étais pas étonné de ce comportement. Éric m'avait averti de ce cérémonial particulier où, pareil aux décoctions d'herbes et de plantes absorbées par des sorciers indiens, l'alcool servait à Boris de breuvage magique. Le silence durait. Dix, douze minutes, peut-être plus, s'écoulèrent ainsi avant que le voyant n'ouvre la bouche pour m'annoncer que je « coulrais gland mallheur ».

Boris me raconta ma vie. Il commença par l'enfance, me parla de mes parents, de mes grands-parents, de mon adolescence, de mes fugues et de mon départ de la maison familiale à l'âge de dix-sept ans. Il relata, sans pouvoir les préciser, mes premières amours, mes mariages, et sauta dans le temps pour me dire l'avenir.

J'étais assommé par ce qu'il venait d'énoncer. Boris, en plus d'une heure, avait tracé la ligne de ma vie passée et s'il n'avait pas su en définir, avec exactitude, les grandes étapes, il les avait pourtant soulignées et, surtout, ils les avaient perçues.

Cela me rendit attentif à ce qu'il allait, maintenant,

m'annoncer. Pourtant, je ne me résignais pas à croire que l'homme, presque saoul, aux yeux bizarres, qui se trouvait à moins d'un mètre devant moi, possédait un tel pouvoir. C'était hors de raison et impossible ! Le charisme de Boris avait dû endormir ma vigilance et j'avais dû lui confier sans m'en rendre compte quelques bribes de mon existence qu'il avait exploitées. Qu'importe ! Il avait semé le trouble dans mon esprit et j'étais, maintenant, attentif à ses augures.

Boris me parla de mon métier sans pouvoir le préciser. Il chercha à le connaître lorsqu'il m'entretint d'une profession de « joustice... avocât ou jouge ou quelque chose comme çoâ ». Je lui révélai que j'étais policier. Boris ferma les yeux puis les ouvrit très grand. Son regard devint presque insoutenable. Je m'obligeai à le fixer, ultime façon de lui montrer qu'il ne m'impressionnait pas et que je luttai contre lui, contre ses prédictions, contre, sans doute, ce que je craignais d'entendre.

« Toâ quitter police. Quitter police bientôt. Toâ avoir ennuis. Toâ va en prison. Je voâ appaltement en feu. Toâ en danger, mais pas mourir. Toâ en sortir mais plou tard. Tou es dans mauvaise histoâre. Mais le nouar plotégera toâ. Polter sur toâ toujours chose noire. Souviens-toâ, nouar te plotégera ! »

La tête baissée, je marchais sur le trottoir et parlais, seul, à voix basse. Les passants me regardaient avec curiosité. Je ressemblais à l'un de ces personnages égarés que nous croisons parfois dans la rue sans savoir d'où il vient ni où il va et qui marmonne sa solitude.

J'avançais parce qu'il le fallait bien et que le quai des Orfèvres était dans cette direction. Enfin, je le croyais. Je cherchai une station de métro et ne la trouvai pas. Je hélai un taxi qui ne s'arrêta pas. Après vingt minutes de marche, je me souvins que j'étais venu chez Boris en voiture et que je l'avais garée au bas de son immeuble.

Je fis demi-tour, le cœur pincé. Je craignais de croiser le voyant. Je ne parvenais pas à oublier ses paroles qui annonçaient un malheur, un incendie, la prison, et sa dernière phrase : « Souviens-toi, le noir te protégera. »

Il me fallut quarante-huit heures pour ôter de mon esprit la présence de Boris. Or, ce jour-là, au cours de la surveillance du bar *Chez Nicole*, apparut un nouvel acteur dans l'affaire du comte Charles-Henri de Châtillon. Ce fait aurait dû m'alerter. Une petite voix aurait dû me souffler : « Les ennuis commencent, souviens-toi, souviens-toi des paroles de Boris. » Mais je m'étais forgé une armure mentale pour ne plus me laisser emporter par des prédictions ridicules. Alors, du « sous-marin », sans réfléchir, je photographiai l'homme à l'imperméable qui entrait *Chez Nicole*.

Trois minutes plus tard, il en sortait accompagné de Jacques Coblence. Tous deux montèrent dans une voiture. Les deux hommes étaient nerveux et je voyais, distinctement, Coblence agiter les bras, frapper du poing sur le volant tandis que l'homme à l'imperméable, par des signes de main, apaisait le ton de la discussion.

L'entretien dura environ une demi-heure. Coblence sortit de la voiture et rentra *Chez Nicole*. L'homme à l'imperméable démarra et disparut dans la circulation.

Le lendemain, j'appris par le service d'identification des cartes grises que l'homme à l'imperméable s'appelait Antoine Scopas. Il était flic. Scopas appartenait à l'unité de police judiciaire d'un commissariat de banlieue. La présence d'un policier dans ce dossier conforta ma conviction : cette affaire n'était pas de notre compétence.

Je le dis à mes collègues de groupe et, à ma surprise, le Sancerrois partagea mon avis. Son attitude n'était pas dictée par une prise de conscience mais par un réflexe corporatiste. Un poulet n'espionne pas un autre poulet. Pour lui, ce boulot était celui des « bœux », les flics de l'Inspection générale, la police des polices.

Le Sancerrois me chargea d'intervenir auprès du divisionnaire. Je le fis. Mais la conversation fut courte et tourna, à peine commencée, à l'affrontement. Je soutins que nous étions prêts à arrêter les surveillances et les filatures sur Coblence et Néguev, d'autant qu'un flic nommé Scopas semblait avoir avec eux des relations louches.

Le visage du divisionnaire devint blanc, puis rouge. Il se leva, me prit par le bras et m'accompagna jusqu'à notre bureau. Il nous avertit collectivement qu'il ne supporterait pas une révolte dans son service.

D'ailleurs, ajouta-t-il, « je sais qu'il y a un policier dans cette histoire. Ses lignes téléphoniques sont placées sur écoute depuis un mois. Alors, messieurs, soyez raisonnables. Je compte sur vous pour travailler sans vous poser de questions. Les questions, croyez-moi, d'autres que vous, et à un autre niveau, se les posent. C'est à moi, grâce à vous, d'y répondre ». Sur ce, il sortit de la pièce en claquant la porte.

C'était la première fois que nous voyions le divisionnaire en colère. Ses propos, son comportement nous surprirent et levèrent les derniers doutes que nous pouvions nourrir sur l'importance de cette affaire.

Je savais maintenant que nous allions droit dans un mur. Mais personne, au sein du groupe, ne voulait contrer la volonté du patron. Alors, en mon nom, je rédigeai un rapport. Je résumai en une centaine de lignes toutes les surveillances, fis une brève allusion à notre conversation avec Robert Vanday, l'officier de la dix-septième brigade, qui nous avait avertis de la préparation de l'assassinat du comte Charles-Henri de Châtillon, liai le nom de Coblence à celui de l'éventuel assassin et signalai le contact du probable « ripou » Scopas avec lui.

Le divisionnaire déchira le rapport devant moi et en jeta les morceaux dans une poubelle. Le jour même, le double rejoignit un de mes dossiers dans le coffre d'une banque.

Les événements s'accélérèrent le lendemain. Le divisionnaire nous donna l'ordre, sans le justifier, de nous rendre à Versailles, commune qui n'était pas de notre compétence territoriale. Je fus le seul à faire remarquer cette anomalie juridique.

Le divisionnaire m'envoya un « Ça suffit ! » et, sans me prêter attention, se tourna vers le Sancerrois. Il lui demanda de monter un dispositif de surveillance aux alentours de *L'Auberge de Gascogne*, un restaurant où avaient rendez-vous, dans trois heures, plusieurs protagonistes du projet d'assassinat du comte.

Nous avions pour mission d'identifier tous les personnages de cette rencontre. De qui le divisionnaire tenait cette information ? Il refusa de le dire. Il était probable que des services de renseignements le mettaient au courant des agissements d'individus que nous ne connaissions même pas. Il possédait des indications que nous n'avions pas et recevait des consignes d'instances supérieures.

Je tentai une dernière fois de me rebeller. Comment pouvions-nous demeurer impassibles alors que l'on s'apprêtait probablement à assassiner une personnalité politique, ami du président de la République ? J'espérais que mes collègues approuveraient mon attitude. Ils restèrent silencieux.

Nous nous rendîmes à Versailles et le Sancerrois distribua les rôles. Il se posta, dans le « sous-marin », au plus près de la façade de l'auberge, Kao et Poussin restèrent dans la voiture banalisée garée dans une rue adjacente au restaurant, le Marquis joua le piéton et je pris la moto afin de relayer d'éventuelles filatures.

En terrasse, abritée par de hautes baies vitrées, cinq hommes étaient assis autour d'une table ronde. Il y avait Jacques Coblence, David Néguev, Antoine Scopas et deux inconnus. Le plus jeune d'entre eux, le corps tassé dans un large fauteuil de rotin, avait un visage d'adolescent. Les cheveux blonds, une mèche frisée ramenée sur le front, les mâchoires carrées, les joues creuses, la peau encore tachée par des traces d'acné, il avait vingt-quatre, vingt-cinq ans tout au plus. À côté de lui, sur sa droite, un homme corpulent, aux épaules larges et puissantes, la lèvre supérieure couverte d'une épaisse moustache noire, exécutait d'amples mouvements de main. Par son allure, sa façon de s'exprimer, il incarnait la caricature du truand marseillais d'autrefois.

Notre surveillance ne dura pas plus de dix minutes. Le Sancerrois signala, par radio, qu'il était « mordu », autrement dit repéré. C'était Scopas, le flic qui, en homme de métier, avait reconnu notre camionnette de surveillance. Dès lors, la situation devint cocasse. Le Sancerrois me demanda de le dégager, de déplacer le « sous-marin ». Aussitôt, j'abandonnai la moto, me rendis à pied devant l'auberge et, à la façon d'un chauffeur-livreur garé en double file et pris en flagrant délit par un agent de police, l'air détaché, je pris le volant.

Scopas était sur le bord du trottoir. Il souriait et photographiait la scène. Au fond du « sous-marin », le Sancerrois, un peu penaud, n'osait pas respirer. Je démarrai. Mais c'était trop tard. Tout notre dispositif était grillé. Antoine Scopas, accompagné du jeune homme blond, avait rejoint sa voiture. Il me suivait. J'avais encore l'espoir que cette cavalcade était due au hasard.

Je filai dans les rues de Versailles mais je ne connaissais pas la ville et m'engageai dans une impasse. Scopas était toujours derrière moi. Je fis demi-tour avec difficulté et croisai le flic de banlieue. Il me salua d'un signe de la tête et me fis un grand sourire. Nous rentrâmes au quai des Orfèvres avec le sentiment d'avoir été ridiculisés ou piégés. J'étais convaincu, sans en avoir la preuve, que le divisionnaire nous avait envoyés à Versailles en sachant que nous serions repérés.

Deux jours après, le commissaire, chef de la dix-septième brigade, rencontra le divisionnaire et lui remit deux photographies. Elles me montraient devant *L'Auberge de Gascogne* en train de monter à bord du « sous-marin ». J'appris que ces clichés avaient été donnés à Robert Vanday, l'officier de la dix-septième, par l'homme à la moustache qui n'était autre que son indicateur. Quant à la jeune personne boutonneuse aux cheveux blonds, il s'appelait Serge Flibeaucourt.

J'appréhendais les conséquences de cet épisode rocambolesque. À supposer que le comte de Châtillon soit exécuté, Scopas pouvait démontrer, devant un tribunal, que la police savait. Pour preuve : les photographies d'officiers de la brigade antigang devant *L'Auberge de Gascogne* surveillant les protagonistes d'un crime annoncé, d'autant que cette réunion mettait au point les derniers préparatifs de l'assassinat. Nous le sûmes plus tard.

Antoine Scopas avait agi en flic : avec ses clichés, il embrouillait les règles du jeu et pouvait, désormais, croire qu'il s'était protégé. Il pourrait toujours — au cas où, plus tard, il serait mis en cause — négocier ce qu'il possédait contre un arrangement avec la haute hiérarchie policière. Scopas savait que des magistrats seraient offusqués d'apprendre que des flics connaissaient tout de la préparation de l'assassinat, de ses protagonistes et presque tout du mobile du crime, et qu'ils n'étaient pas intervenus pour protéger la victime. Dès lors, l'existence des photographies tendait à prouver qu'un service de l'État s'était rendu complice d'un meurtre. La non-intervention d'une brigade aussi prestigieuse que l'antigang devenait le signe évident d'un complot.

Je fis part de ma réflexion au divisionnaire en ajoutant qu'un tel scénario nous mettrait tous au banc des accusés. Comment pourrions-nous justifier notre présence à Versailles et expliquer la surveillance de cinq hommes impliqués dans la préparation d'un meurtre, alors que nous connaissions leurs intentions, le nom de la victime et que nous n'intervenions pas ? Le divisionnaire accepta mes arguments et décida d'arrêter les planques et les filatures.

J'abandonnai Coblence, Néguev et Scopas à leurs histoires de voyous échangées au comptoir de *Chez Nicole*. Soulagé, je cessai d'écrire la fin du mauvais scénario de Boris, le voyant. Je me moquais de l'ami du président de la République, le comte Charles-Henri de Châtillon, et de ce qui pouvait lui arriver. J'emmerdais le divisionnaire. Je redécouvrais la plénitude de mes tumultes intérieurs et, bizarrement, m'en trouvais presque heureux. Je rattrapais mes obsessions et retournais à mon imaginaire pour continuer le voyage, le mien, celui qui me conduisait toujours plus loin dans ma propre tourmente. Je redécouvrais l'égoïsme. J'étais lâche. Libre.

Certain que l'affaire du comte de Châtillon appartenait désormais au passé, je rejetais, de nouveau, la réalité quotidienne. Je rejoignais l'univers des interdits, seul lieu où mes inquiétudes et mes angoisses ne m'accompagnaient pas. Chaque nuit, je mariais l'amitié et la liberté. Éric et moi connaissions la même folie de vivre. De vivre jusqu'à l'excès. Parfois, nous la célébrions ensemble. C'était notre secret. À la fin de la nuit, nous partions sur les hauteurs de Montmartre. Épuisés, nous nous asseyions sur une rambarde, au pied du Sacré-Cœur, et attendions le lever du soleil. Lorsque la lumière du jour se montrait, qu'elle découpait dans le lointain les habitations puis éclairait les toits avant de répandre sur Paris des roses et des blancs pâles, nous nous rapprochions l'un de l'autre. Nous restions ainsi plusieurs minutes. Nous ne parlions pas. Nous savions que, jamais, nous ne regarderions ensemble un crépuscule. Nous avions en partage l'horreur de ce qui meurt.

CHAPITRE XXI

Il faisait très froid et la ville, ce jour-là, baignait dans une atmosphère particulière. Les quartiers étaient plus animés que d'habitude. Depuis tôt le matin, les étals des marchés proposaient des produits que l'on ne voyait pas les autres jours de l'année. Aux devantures, des volailles nues exposaient leurs énormes cuisses rondes, des dindes joufflues, aux jabots écarlates, racolaient les passants avec une étiquette de plastique blanche : « en promotion » ; à l'échoppe d'à côté, dans de grandes caisses en bois, les clémentines côtoyaient les sacs de châtaignes, les pommes vertes et rouges dégringolaient quelquefois de leurs pyramides et roulaient parmi les mangues et les kiwis ; un peu plus loin, le poissonnier négligeait les carrelets, les harengs, les cabillauds et les merlans pour vanter aux clientes les vertus de la langouste, du homard et des huîtres, tandis que le boucher séduisait une bourgeoise, cuisinière d'un soir, avec l'énoncé de sa recette du filet de bœuf en papillote.

Ces scènes se répétaient partout et Paris s'agitait

anormalement. Dans les rues, les voitures se garaient en double file, parfois même en troisième file et l'agent de police, si prompt les autres jours à vociférer, à siffler et à verbaliser, acceptait ce désordre. Sur les trottoirs, les passants se bousculaient pour entrer dans des magasins décorés de rubans dorés, de guirlandes jaunes et vertes qu'éclairaient des lumières puissantes et très blanches.

Des femmes tiraient leurs enfants par la main, s'arrêtaient devant les vitrines de colifichets ou de bijoux de pacotille, de vaisselle, de bonneterie, de vêtements et entraient dans une de ces boutiques pour en ressortir quelques minutes plus tard les bras chargés de paquets. Les gens se hâtaient, pressés de rentrer chez eux préparer la nuit de la Saint-Sylvestre.

À bord d'une voiture de service, je rejoignais mon domicile et, pour admirer le spectacle de la rue, remontais les Grands Boulevards. Je passai devant la vieille porte Saint-Denis. C'est à cet endroit que j'appris la nouvelle. Sur la fréquence radio de la police judiciaire, une voix de l'état-major demanda à l'officier de permanence de la brigade criminelle de se rendre au numéro 7, rue de la Pompe, dans le XVIe arrondissement. Le message précisait : « Il s'agit d'un homicide par arme à feu. Auteur en fuite. »

Le 7, rue de la Pompe ! Je connaissais cette adresse pour l'avoir lue des dizaines de fois sur des rapports, des procès-verbaux et des notes de renseignements concernant le comte Charles-Henri de Châtillon. Le 7, rue de la Pompe était l'adresse de l'appartement qu'il occupait depuis plus de trente ans. J'eus tout d'abord le réflexe de me rendre sur le lieu du crime puis je me ravisai. Après tout, ce meurtre n'était pas, n'était plus de notre compétence. Après le ridicule épisode de Versailles, le divisionnaire nous avait donné l'ordre d'abandonner l'affaire.

Je ne parvenais pas à réfléchir avec calme ; toutes sortes de pensées se bousculaient et je passais de l'une à l'autre. J'étais certain que c'était le début des ennuis mais j'en réfutais aussitôt l'idée.

J'analysai la situation et en conclus que nous seuls, les flics de l'antigang, connaissions la menace de mort. Je me rappelai alors que nous tenions ce renseignement, depuis trois mois, d'un autre service de police. Nous étions trop nombreux à connaître la vérité. Était-ce grave ? Non ! Le divisionnaire et son collègue, le patron de la « dix-septième », sauraient s'accorder pour exiger le silence de tous les flics. Mais cela ne pouvait se faire. Avec sa manie de se faire remarquer pour assurer l'avenir de sa carrière, j'étais sûr qu'il avait confié, depuis les premières surveillances, tout ce que nous savions au directeur et même au ministre de l'Intérieur. Mon raisonnement s'avérait idiot. N'était-ce pas le divisionnaire qui nous donnait les consignes ? Il recevait donc les ordres de sa hiérarchie. Je m'égarais dans mes réflexions. J'en fis l'amer constat et rentrai chez moi.

L'assassinat du comte Charles-Henri de Châtillon occupait la totalité des éditions spéciales des journaux télévisés et radiophoniques. Je regardai les informations de début de soirée. Sur l'écran, une vieille bourgeoise de la rue de la Pompe, voisine du comte, racontait qu'elle « l'avait bien connu et que c'était un homme très bon, très serviable et d'une grande correction » et elle disait qu'elle « avait tout vu. C'était un jeune, un blond au visage boutonneux. Il avait traversé la rue, s'était dirigé vers M. le comte, l'avait bousculé et avait tiré deux fois sur lui avant de s'enfuir par là ».

La vieille dame, la tête coiffée d'une toque de fourrure, montrait à la caméra l'angle de la rue de la Pompe et du boulevard Murat. Le journaliste conclut son reportage avec un gros plan sur la silhouette du comte dessinée à la craie et la flaque de sang sur le trottoir.

Le téléphone sonna vers trois heures, le matin de la nouvelle année. Le Sancerrois me demandait de venir le plus tôt possible à la brigade. Une heure plus tard, je participais au branle-bas de combat.

Le divisionnaire, assis dans son fauteuil de cuir marron, la tête située au milieu du dossier, se tenait droit derrière un long et large bureau en orme. Placé devant lui, installé sur une chaise basse, je me penchai légèrement en avant et remarquai que ses pieds restaient suspendus à quatre ou cinq centimètres au-dessus du parquet. Je n'avais jamais observé jusqu'alors sa petite taille.

Le col ouvert, le nœud de cravate descendu, les bras de chemise relevés, décoiffé, le dessous des yeux ombré, les joues et le menton assombris par la barbe, le divisionnaire n'avait visiblement pas dormi.

Nous étions une quinzaine de fonctionnaires à attendre son discours. Oui, son discours, parce qu'il ne pouvait en être autrement. D'avance, je l'entendais nous recommander une grande discrétion sur ce qui s'était passé les semaines et les jours derniers et nous demander de détruire tous les documents ayant trait aux surveillances, aux filatures, aux écoutes téléphoniques effectuées sur Jacques Coblence, David Néguev, Antoine Scopas et les autres aperçus à la terrasse de *L'Auberge de Gascogne*.

Je pressentais une phrase rassurante selon laquelle il nous garantissait, en accord avec la direction de la police judiciaire, une protection totale au cas où, un jour, tout à fait improbable bien entendu, des policiers seraient accusés de ne pas avoir agi pour éviter l'assassinat du comte de Châtillon.

Le divisionnaire ne dit rien de tout cela. Il se racla la gorge et annonça que les renseignements dont il disposait permettaient d'affirmer que le comte Charles-Henri de Châtillon avait été victime d'une cabale montée par un financier véreux, une relation d'affaires qui ne pouvait répondre à ses obligations. Et le divisionnaire de développer la thèse selon laquelle le comte avait prêté de l'argent à cet homme, un certain Louis d'Herbignac, pour l'achat d'un grand restaurant parisien et que ce dernier, n'étant pas en mesure de rembourser les échéances — une somme importante —, avait fait abattre le comte.

J'observai mes collègues de groupe. Ils restaient immobiles, de peur, sans doute, que le moindre geste puisse être interprété comme un début de contestation. Je n'attendais rien d'eux mais j'espérais tout de même que leur visage, à défaut d'exprimer de l'indignation, montre un peu de surprise. Tous les faciès restèrent figés.

Le divisionnaire reprit son explication. Il nous dévoila la genèse du meurtre. Ainsi, selon lui, le différend qui opposait le comte de Châtillon à Louis d'Herbignac remontait à deux ans, c'est-à-dire à l'époque où le comte avait réclamé le remboursement de son prêt.

Louis d'Herbignac n'avait pas l'intention de payer sa dette et l'avait fait patienter. Mais, il y a six mois, le comte, qui avait besoin d'argent, avait exigé de Louis d'Herbignac qu'il honore son engagement sous peine d'être traduit devant un tribunal.

Louis d'Herbignac s'était alors adressé au policier Antoine Scopas pour régler cette affaire. Scopas avait recruté un tueur, Jacques Coblence, qui, accidenté et la jambe dans le plâtre, n'avait pu commettre le meurtre. Coblence lui avait alors présenté un petit truand, Serge Flibeaucourt. « La suite, messieurs, vous la connaissez », conclut le divisionnaire qui nous précisa que les arrestations auraient lieu à six heures et que le ministre de l'Intérieur annoncerait lui-même ces interpellations dès aujourd'hui, à seize heures, au cours d'une conférence de presse tenue dans la salle de réception du quai des Orfèvres.

Les explications du divisionnaire étaient bien mystérieuses. D'où sortait-il ce Louis d'Herbignac ? Comment le connaissait-il ? Comment savait-il qu'il était une relation d'affaires du comte ? Comment avait-il connaissance d'un prêt financier et d'un achat de restaurant ?

Je ne doutais pas que toutes ces informations soient vraies. Mais d'où venaient-elles ? D'une brigade de la police judiciaire ? Nous le saurions ! Seuls les services de renseignements ont assez de temps et de moyens techniques pour chercher et découvrir ce genre d'indiscrétions.

Tout cela me faisait penser que, soit les Renseignements généraux, soit la Direction de la surveillance du territoire s'intéressaient depuis longtemps aux activités du comte de Châtillon. De fait, et je l'appris plus tard, ces deux services suivaient de près les commerces du comte et alimentaient son dossier d'éléments anodins concernant sa personnalité, ses relations et ses embarras financiers. Selon une vieille coutume de la police, toutes les choses insignifiantes sont gardées et un jour exploitées. Et il était évident que, aujourd'hui, elles étaient sorties du dossier dans le seul but d'en faire le mobile du crime. Fouché restait le maître à penser de la police nationale !

Cette présentation des faits permettait en outre de passer sous silence le trafic des faux bons du Trésor et les prélèvements financiers occultes sur les ventes d'armes qui avaient alimenté le parti politique du président de la République. D'un côté, il y avait un prêt pour l'achat d'un restaurant ; de l'autre, des bénéfices colossaux issus de trafics illicites qui devaient alimenter la prochaine campagne électorale présidentielle. Or, et c'est bien connu, depuis toujours, les anciens ministres meurent assassinés pour ne pas avoir assez défendu la réputation de la cuisine française.

J'énonçai, à voix haute, cette évidence et interrogeai le divisionnaire. À peine avais-je pris la parole que l'assemblée fit silence. L'air devint si lourd qu'il sembla être chargé d'un gaz détonant. Chacun d'entre nous pressentait que tout pouvait exploser. Mon premier mot fit l'effet d'une étincelle.

« C'est tordu et... » Je n'eus pas le temps de dire « dégueulasse ». Le patron frappa du poing sur son bureau, se leva et tendit le bras en direction de la porte. Un gobelet de café se renversa sur un dossier, le petit chien de plâtre posé devant lui sauta et retomba, brisé, en dizaines de morceaux. Le divisionnaire éructa quelques insultes et me demanda de sortir. Je me levai, traitai de lâches mes collègues et quittai le groupe. Ce n'était pas seulement la porte que je franchissais mais aussi la ligne indéfinissable et invisible qui sépare la discipline de la rébellion.

Ils formaient un groupe et m'en avaient rejeté. J'étais isolé. Je connaissais mon sort. Je serais muté.

Le premier effet de ma disgrâce fut immédiat. Kao, Poussin, le Marquis avaient les yeux baissés lorsqu'ils revinrent de la réunion. Ils parlaient entre eux, ignoraient ma présence. Le Sancerrois me fit savoir que je ne participerais pas aux arrestations.

J'étais trop fier, trop jeune pour accepter d'être ainsi traité. Je réagis en rédigeant six longs feuillets que j'adressai à la fois au divisionnaire, au directeur de la police judiciaire et au préfet de police de Paris. En termes précis, sur du papier à en-tête de la République française, je relatai tout ce que mes collègues et moi savions au sujet de l'assassinat : les comptes rendus des surveillances et des filatures, les écoutes téléphoniques, les propos de Robert Vanday, l'officier de la dix-septième brigade, l'existence de ses deux rapports adressés à son patron et prévenant, sans ambiguïté, la haute hiérarchie policière de l'existence d'un trafic de faux bons du Trésor, de ventes d'armes protégées par les services du ministère des Affaires étrangères, de l'imminence de l'assassinat du comte Charles-Henri de Châtillon, de notre face-à-face, quelques jours avant son exécution, avec tous les protagonistes du crime. Dans le dernier paragraphe de mon texte, j'exprimai « mon trouble devant le comportement incompréhensible de M. le divisionnaire, chef de la brigade antigang, chargé, en principe, de veiller à la protection des biens et des personnes, considérant que la force publique est, selon l'article 12 de la Déclaration des droits de l'homme et du citoyen, instituée pour l'avantage de tous et non pour l'utilité particulière de ceux auxquels elle est confiée ».

La haine du divisionnaire à mon égard a sans doute été nourrie par cette phrase. J'avais osé mettre en cause son autorité ; lui qui, pour sa thèse de fin d'études, avait choisi « Ordre et hiérarchie dans la fonction publique ». Il ne pouvait évidemment admettre la contestation, moins encore la remise en cause de son rang. Il prenait l'orgueil pour de la dignité et confondait convictions et certitudes, suffisance et intelligence. Dès lors, je devins son ennemi et il entreprit avec rage et conscience de me détruire à défaut de me réduire.

Je n'avais pas encore bien mesuré son pouvoir de nuisance vis-à-vis de tous ceux qui osaient lui résister. Ce fut plus tard, beaucoup plus tard, que je compris que le divisionnaire était un homme dangereux, que la rancune était une façon d'asseoir son pouvoir et que, en cercle fermé, parmi ses intimes, il prônait le fascisme comme méthode de commandement.

J'ai commis l'erreur d'attiser, par des provocations, sa colère. Plusieurs fois, je lui ai fait savoir que je ne démissionnerais pas de l'antigang et ne renoncerais jamais à révéler la vérité sur la mort du comte de Châtillon d'autant plus que je possédais les preuves de la complicité passive de la police nationale dans cet assassinat. En réalité, je ne pensais pas un seul mot de ce que j'affirmais. Au contraire, ma seule ambition était de quitter la police. Mais ce n'était plus possible. Ma prise de position, les mots prononcés, mon affrontement avec le patron faisaient de moi un homme dangereux. À tout moment, je pouvais dire la vérité sur la disparition du comte Charles-Henri de Châtillon et, par voie de conséquence, mettre en cause toute l'institution policière, stopper l'ascension professionnelle du divisionnaire et briser les carrières de quelques-uns des complices haut placés dans la hiérarchie. Aussi vint bientôt le temps de la conspiration.

CHAPITRE XXII

Dans toute l'histoire de la République, c'était la première fois qu'un membre du gouvernement tenait une conférence de presse dans l'enceinte du quai des Orfèvres.

Le ministre de l'Intérieur s'installa derrière une table recouverte d'un tapis de feutre bleu roi. Béat, il souriait aux photographes. Les flashs écrasaient les formes arrondies de son visage. Il était tel que la télévision n'avait pas réussi à le populariser. Son crâne dégarni brillait, ses joues un peu rougeaudes tombaient de chaque côté de son double menton. Le col trop serré d'une chemise blanche, noué d'une cravate de soie grise, gonflait sa gorge. Il souriait bêtement.

Un homme, gris de la tête aux pieds — son chef de cabinet sans doute —, se courba devant lui et indiqua que les caméras tournaient. Le directeur de la police judiciaire, flanqué du sous-directeur, de son adjoint et des patrons de la brigade criminelle et de l'antigang, se tenait derrière lui. Je vis le divisionnaire porter une main aux boutons de sa veste et de sa braguette pour s'assurer qu'elles étaient fermées puis la passer sur ses cheveux avant de resserrer le nœud de sa cravate. Et il se raidit. Il resta ainsi, sans bouger, durant toute la conférence de presse. Le ministre rendit un hommage discret au comte Charles-Henri de Châtillon et parla des arrestations « qui s'étaient déroulées sans incidents ». Le ministre annonça que « la boucle était bouclée », qu'il s'agissait d'un crime odieux perpétré par un nommé Serge Flibeaucourt, petit truand du milieu parisien, que le meurtre avait été organisé par un policier, Antoine Scopas, et commandité par Louis d'Herbignac, un homme d'affaires véreux.

Un journaliste l'interrogea sur le mobile du crime. Le ministre répondit qu'il s'agissait d'une sombre histoire de prêt non remboursé au sujet d'un restaurant. Et il félicita les « fonctionnaires de police qui avaient travaillé sur cette affaire d'une façon remarquable ». Le ministre se leva, serra des mains et regagna son ministère.

La disparition du comte occupait depuis vingt-quatre heures la « une » des journaux et les radios et télévisions ne manquaient pas de rediffuser la conférence de presse du ministre de l'Intérieur. Quelques commentateurs et éditorialistes s'interrogeaient toutefois sur la rapidité avec laquelle l'enquête avait été menée et soulignaient, avec ironie, la hâte du ministre à annoncer que « la boucle était bouclée ». Il fallut l'intervention publique du ministre de la Justice, pressé par les syndicats de magistrats, pour que la presse, dans son ensemble, relève que son collègue de l'Intérieur avait violé le secret de l'instruction. Jusqu'ici personne ne s'était indigné qu'un ministre en exercice désigne comme coupables Serge Flibeaucourt, Antoine Scopas et Louis d'Herbignac alors que leurs interrogatoires n'étaient même pas terminés et qu'un juge d'instruction n'avait pas encore été nommé. Qu'importe ! Les déclarations d'un des personnages les plus influents du gouvernement donnaient la version officielle des faits et enterraient l'affaire.

Une semaine plus tard, l'actualité reprenait ses droits et l'assassinat du comte Charles-Henri de Châtillon était relégué en bas de page de la rubrique des faits-divers.

Le divisionnaire était heureux. Le ministre venait de le promouvoir chevalier dans l'ordre du Mérite, tandis que le directeur de la police judiciaire se voyait offrir le ruban rouge de la Légion d'honneur. Le comte fut enterré dans la plus grande indifférence et, hormis un de ses vieux et fidèles amis, pas un seul homme politique ne se rendit aux obsèques.

À la brigade, au sein du groupe, les activités étaient redevenues ordinaires. J'attendais une sanction. Elle ne venait pas. Je restais au bureau. Le Sancerrois me chargeait des recherches dans les différents fichiers dont dispose la police, tandis que mes collègues reprenaient les surveillances et les filatures de braqueurs.

Je profitais de ma mise à l'écart et des journées passées dans les salles d'archives pour alimenter mon dossier personnel. Je cherchais les documents concernant le comte de Châtillon, le tueur Flibeaucourt, le flic Scopas et l'homme d'affaires d'Herbignac. En moins d'un mois, je connaissais tout de leur vie respective. J'obtins, par des amis, des collègues de ma promotion d'officiers affectés dans des services de renseignements et financiers, des pièces confidentielles sur les nombreuses affaires du comte.

Je décortiquai ses relations politiques, notai des transferts d'argent sur les banques connues pour gérer les dépenses du PDF, le parti du président de la République. Je photocopiai toutes ces pièces et les rangeai avec soin dans mes dossiers cachés dans des coffres de banques.

La vie devenait morne. Je m'éloignais peu à peu de l'univers policier tandis que naissait et se développait, au fond de moi, un sentiment d'injustice. J'examinai plusieurs fois les faits et ne parvins pas à trouver la raison de mon bannissement. Certes, je m'étais heurté à l'autorité du divisionnaire mais n'était-ce pas pour défendre deux idées simples qui, en principe, faisaient le ciment de la police ? La vérité et le devoir de protéger.

Il m'était impossible de penser autre chose et surtout autrement. Mon attitude était innée. J'appartenais à une génération façonnée par l'école publique. Elle m'avait enseigné les valeurs républicaines : droiture et liberté. Des préceptes qui s'appliquaient naturellement à l'institution policière, cette grande fille de Marianne.

Par-delà mes frasques de vieil adolescent, je me voulais un défenseur de la veuve et de l'orphelin. Dès lors, il m'était impossible d'être, fût-ce par discipline, le complice passif d'un assassinat. Je ne pouvais pas croire que des flics se moquent de la vie d'un homme au point de négliger sa protection et de taire les circonstances de sa mort.

Je raisonnais sur la base de certitudes simplistes inculquées aux petites gens dès l'enfance et qu'ils respectent par fidélité ou conformisme. Je devinais, bien sûr, que des êtres se différenciaient des normes que l'on m'avait apprises, mais il m'avait fallu voyager dans des mondes différents de celui dont j'étais issu pour découvrir que les valeurs enseignées étaient relatives.

Ce savoir s'était constitué au fil de mes découvertes policières et s'était consolidé avec l'assassinat du comte de Châtillon. Je n'admettais pas qu'un meurtre puisse se perdre dans l'indifférence générale. Je parlais de vérité et, pour cela, j'étais rejeté d'une communauté. Je ne comprenais pas. Je cherchais ma faute et ressassais les événements récents, explorais la plus petite des voies, cherchant la plus faible lumière qui éclairerait l'attitude d'une police que j'avais aimée malgré tout.

Je voulais déchiffrer ce code, sans doute secret, qui avait dicté les actes et le comportement du divisionnaire et de mes collègues. Je revenais toujours à la même certitude : l'assassinat du comte prenait un sens particulier dès lors que des policiers en connaissaient la préparation. Il s'agissait d'un crime volontairement ignoré parce qu'il permettait de masquer des trafics illicites et des compromissions internationales au nom de la raison d'État. Et il me fallait rester silencieux ? Il était là, le scandale.

J'expliquai ce point de vue au Sancerrois. Sans attendre une approbation, j'espérais de lui un petit sursaut de courage. Il resta muet. Alors, je m'emportai et lançai quelques diatribes à l'encontre du divisionnaire, de la haute hiérarchie et de la police tout entière. Je fus stupéfait lorsque le Sancerrois m'expliqua, d'un ton paternaliste, la main posée sur mon épaule, qu'un flic qui « réfléchit est un homme foutu pour la police ». Je l'écoutai, un peu effaré. Il m'expliqua que je devais m'éloigner de la brigade et renoncer à clamer une vérité qui n'aurait aucun écho parce que personne ne s'intéressait à elle. La vérité, selon lui, était un « truc » inventé par des menteurs pour cacher leurs méfaits, au même titre que l'expression « Payer ses dettes enrichit » était une phrase d'usurier. Et le Sancerrois, d'une voix basse et douce, me demanda d'être prudent. « Tu sais — et je me souviens précisément des mots qu'il employa —, ils sont capables d'aller très loin. » Il savait qu'une machine aux mécanismes aussi subtils qu'infernaux était en marche. Elle avait pour maître d'œuvre le divisionnaire délégué, à cette occasion, par les grands patrons de la police.

CHAPITRE XXIII

Je croyais que les circonstances m'écartaient de son chemin mais la mort ne me quittait pas. Sa présence discrète rôdait à mes côtés et lorsqu'elle se rapprochait de moi je la sentais. Elle exhalait une odeur proche de celle produite par les vapeurs de l'éther : effluves froids qui pénétraient dans mes narines, les pores de ma peau et imprégnaient même mes poils et mes cheveux. Étrangement, cette sensation survenait toujours quelques heures avant un drame. Il me semblait apporter le malheur à ceux que je côtoyais. Ce sentiment, proche de l'obsession, était bien installé au fond de mon être et fut conforté un matin d'été.

Ce jour-là, tout à coup, les portes s'ouvrirent, puis claquèrent. Des flics sortaient des bureaux. En bras de chemise, les revolvers flanqués sous les aisselles ou glissés dans les ceintures, ils enfilaient une veste, un blouson. Tout le monde courait. Les hommes se bousculaient dans les couloirs. Certains d'entre eux criaient les prénoms de leurs collègues et leur demandaient de se hâter. D'autres dévalaient quatre à quatre les marches de l'escalier et, à peine dans la cour intérieure, s'engouffraient dans les voitures banalisées. Quelques-uns passaient par une fenêtre ouverte sur un patio situé à l'arrière du bâtiment commun à la police judiciaire et au Palais de justice. Ils s'asseyaient sur une plate-forme qui se balançait dans le vide et ils descendaient jusqu'au sol. Des policiers chargeaient les deux camionnettes de caisses de munitions, de fusils à lunettes, de gilets de protection, de grenades fumigènes et aveuglantes, de canons d'écoute à distance, d'échelles métalliques, de grappins, de mousquetons et de cordes de rappel. Tous les matériels utilisés lors de prise d'otages.

Les sirènes hurlaient. Des motards, à coups de bottes dans le bas des portières, écartaient les automobiles trop lentes et ouvraient la route. Le cortège, formé d'une dizaine de voitures et des deux camionnettes, traversa Paris à toute vitesse. Lorsque nous arrivâmes, les photographes et les caméras de télévision étaient déjà installés aux alentours de l'ambassade d'Irak. L'agitation était fugace. Elle prit fin lorsque les tireurs d'élite s'installèrent sur les toits. Nous étions postés dans la rue et savions déjà que le temps n'avait plus de sens. Les négociations en cours pouvaient durer des heures, peut-être même des jours.

Un jeune Palestinien s'était installé dans un bureau de l'ambassade d'Irak et menaçait d'exécuter sept employés si le gouvernement n'ordonnait pas la libération d'un de ses camarades de combat incarcéré en

France. Il n'y avait rien d'exceptionnel dans cette action tant les prises d'otages étaient alors fréquentes.

Le scénario était toujours le même. Nous encerclions le bâtiment, isolions le lieu où se tenait l'homme armé et laissions les hauts fonctionnaires du ministère des Affaires étrangères palabrer avec les diplomates et l'ambassadeur. Il convenait prioritairement de ménager les susceptibilités des dirigeants arabes afin de préserver les bons rapports politiques et commerciaux de la France.

Les vies humaines étaient secondaires. Tous les policiers connaissaient cette réalité propre à chaque prise d'otages politique. Alors, sans illusions, désabusés, nous jouions à faire semblant d'être des flics féroces prêts à donner l'assaut. Notre présence contribuait au spectacle de rue qui, filmé, photographié, faisait la une des journaux.

Je conversais avec Lionel, un ami, officier de la brigade criminelle. Nous nous tenions sur le trottoir situé au-dessus des fenêtres de l'ambassade. Lionel était un ancien professeur de philosophie. Il avait quitté l'Éducation nationale un peu par sacerdoce. Il était convaincu qu'il pouvait insuffler dans la police un peu d'humanité et contribuer à y changer les comportements. Il prônait la tolérance au sein de sa brigade et œuvrait dans un syndicat de police pour, disait-il, transformer « les rapports entre les fonctionnaires et les citoyens ». Lionel était un utopiste. Je l'aimais bien.

Nous regardions les barbouzes irakiennes. Elles se distinguaient par leur chemise blanche aux manches relevées, leur pantalon noir dont la ceinture supportait deux et parfois trois pistolets. Elles déambulaient, sans crainte, devant les forces de l'ordre en uniforme. Nous pressentions chez ces hommes la volonté de tuer le preneur d'otages. Mais les consignes étaient précises : pas un seul policier ou gendarme ne devait intervenir. Les tueurs irakiens bénéficiaient de l'immunité diplomatique.

Lionel et moi bavardions. Il me parlait de son fils, un bébé de quatre mois ; de son impatience d'être au lendemain, jour de départ en vacances. Il m'informa aussi des rumeurs, celles qui, depuis deux ou trois semaines, se répandaient dans les services de la police judiciaire. En vrac et en détail : j'étais homosexuel, je fréquentais beaucoup les voyous, je vivais au-dessus de mes moyens, je me droguais...

Je lui expliquai mes difficultés actuelles et lui racontai mes prises de position au sujet de l'assassinat du comte de Châtillon. Il me sourit et prononça une phrase qui, déjà, n'avait plus de sens : « Tout de même, sois prudent » et il sortit de sa poche un paquet de cigarettes américaines. Il m'en offrit une et je lui tendis la flamme de mon briquet. Il tira une seule fois sur la blonde, aspira une grande bouffée de fumée et s'effondra sur mes pieds. Lionel était mort. Une balle avait frappé sa poitrine, traversé son cœur. Les barbouzes avaient déclenché une fusillade pour atteindre le preneur d'otages lorsqu'il s'était rendu aux autorités françaises.

Lionel, un nouveau prénom qui s'inscrivait au bas

de la liste de ceux que je n'évoquerais plus désormais qu'au passé décomposé.

Cette mort me troubla plus que les autres et ne quitta jamais plus mon esprit. Pourquoi ? Je ne le savais pas vraiment. Je pressentais seulement que la disparition de Lionel était un peu la mienne. Nous nous ressemblions et sa mort, sur mes pieds, provoquait en moi un sentiment d'inquiétude que je refusais encore de nommer peur. Pourtant, c'était cela, j'avais peur. La mort me frôlait de trop près ; elle me semblait de plus en plus proche. Je devenais fragile. Ma sensibilité s'exacerbait et la moindre idée suggérant la mort, la plus anodine des images qui la montrait, me portait sur le cœur, me faisait vomir et pleurer. Oui, c'était bien cela, j'avais peur.

CHAPITRE XXIV

L'homme me tutoyait. Il me parlait avec familiarité et me racontait ses dernières aventures féminines. Je ne reconnaissais pas sa voix au téléphone mais il se comportait comme un vieil ami qui, après plusieurs mois d'absence, se manifestait. À l'affût d'une phrase qui me rappellerait un souvenir, je restais silencieux et commentais les paroles de mon interlocuteur par des « hum » et des « bien sûr » pour lui montrer que je l'écoutais. Enfin, après plusieurs minutes de monologue, il prononça les mots clés : machines à sous.

Machines à sous ! Je ne connaissais qu'une seule personne qui travaillait dans ce domaine. C'était le Manchot, Michel Békacémi, ce voyou qui, après la mort de JB, m'avait proposé ses services d'indicateur. Il y avait presque un an que je ne l'avais pas vu et j'avais presque oublié son existence.

Je me méfiais de Békacémi. Il était homme à donner son meilleur ami pour un pourboire ou pour protéger ses intérêts. D'ailleurs, et c'était le but de son appel, il me proposait une « affaire intéressante, un truc qui me ferait mousser auprès de mes chefs ». Je n'étais pas joyeux de le rencontrer mais le Manchot et ses combines me réhabiliteraient peut-être auprès de mes collègues. Enfin, je le pensais. Nous nous vîmes le lendemain soir.

Le Manchot n'avait pas changé. Il parlait toujours avec faconde et portait un costume d'alpaga et une chemise de soie. Békacémi ressemblait à un arbre de Noël. Il brillait de partout. Il arborait quatre chaînes en or, une lourde gourmette au poignet gauche, une chevalière au petit doigt de la main droite et un diamant sur chacune de ses canines.

Nous nous étions donné rendez-vous dans un bar de Belleville au décor à la fois baroque et désuet. Les murs couverts de tenture de velours rouge supportaient des photographies d'acteurs connus pour avoir, au cinéma et au théâtre, interprété des adaptations de *La Chartreuse de Parme*. Un vieil autel de chêne sombre, acheté dans une vente aux enchères, tenait lieu de comptoir sur lequel, au bout, à côté d'une armoire bretonne, près du portrait d'un homme vêtu d'un uniforme militaire, étaient posés les bustes de Racine, de Shakespeare et de Napoléon.

Cinq ou six tables basses, aux pieds en fer forgé stabilisés par des cales en bois, couvertes de napperons blancs, cachaient à peine les canapés noirs au cuir usé et déchiré. Parmi les verres et les bouteilles alignés dans une niche de verre éclairée au néon, située juste au-dessus de la chaise haute de la patronne, un portrait de Stendhal veillait sur les clients.

Le bordel, puisque c'en était un, s'appelait *Le Rouge et le Noir*. La tenancière, une femme de cinquante ans, les cheveux couleur de paille, les seins gros et le ventre gonflé, se prénommait Marianne. Elle aimait raconter sa vie. Orpheline, elle avait quitté la Lozère et s'était installée à Paris à l'âge de dix-neuf ans, « pour l'amour d'un homme qui avait été tué, dans une embuscade, pendant la guerre d'Algérie ». Mais, comme l'avait écrit son auteur préféré, « on ne se console pas des chagrins, mais on s'en distrait ». Marianne, qui citait souvent son « Stendhal chéri », ajoutait : « Comme le courage consiste à savoir choisir le moindre mal, si affreux qu'il soit encore, j'ai fait le trottoir. »

Elle avait cessé de tapiner après que, un soir, un homme avait voulu prendre son sac à main et lui avait planté un couteau dans le ventre. Depuis, elle veillait, du haut de sa chaise, sur les filles que lui avait confiées Michel Békacémi.

Nous nous étions installés à la table la plus éloignée de la porte d'entrée. Le Manchot avait commandé une bouteille de champagne et m'avait confié, fièrement, qu'il connaissait tout d'un trafic de faux papiers qui se développait depuis plusieurs mois. Permis de conduire, cartes d'identité et cartes de séjour en toc n'avaient jamais connu un tel succès. Truands en cavale, escrocs, étrangers en situation irrégulière possédaient tous un jeu complet de ces documents falsifiés.

Deux ou trois services de police spécialisés s'échinaient, presque jour et nuit, sur ce dossier et ne parvenaient pas à obtenir le moindre renseignement. Békacémi me proposait ni plus ni moins l'identité et l'adresse de l'imprimeur et les noms de ses complices. L'offre n'était pas gratuite. Le Manchot voulait, en contrepartie de ses informations, un condé, un document écrit mais officieux lui garantissant la tranquillité.

Je restais sur mes gardes. Il y avait trop longtemps que Békacémi nageait en eau trouble sans se noyer. Il n'avait jamais été arrêté, encore moins condamné et c'était suspect. Békacémi comptait, parmi ceux qu'il appelait ses amis, autant de voyous que de flics et avait la réputation d'être serviable avec tout le monde.

Je n'avais pas de raison particulière d'être suspicieux mais mon instinct me faisait pressentir une embrouille et, en même temps, je voyais dans sa proposition une possibilité de clouer le bec à mes détracteurs. J'imaginais déjà la tête du divisionnaire lorsque je lui demanderais un condé pour le Manchot en lui expliquant que nous pouvions mettre fin au trafic de faux papiers.

Je n'en étais pas là. Pour l'instant, je voulais vérifier les dires de Békacémi et lui demandai donc de me fournir un ou deux exemplaires de faux papiers. Deux jours plus tard, il me remettait ce que je lui avais réclamé. Le jeu était complet. Il y avait une carte d'identité, un permis de séjour, une carte grise et un permis de conduire. L'impression était presque parfaite et seul un œil averti pouvait déceler la supercherie.

Le Sancerrois m'accompagna dans le bureau du

divisionnaire. Il nous y attendait. Nous nous assîmes devant lui sans qu'il relève la tête. Il feuilletait les pages d'un dossier. Je ne bougeais pas mais la chaise craqua. Le bruit, pourtant léger, me parut insupportable et, durant une fraction de seconde, je crus qu'il annonçait un grand vacarme. Mais rien ne se passa. Je raidis mon corps et m'immobilisai sur le siège.

Le Sancerrois se racla la gorge. C'était la première fois que je revoyais le patron depuis notre altercation. Le divisionnaire fit enfin un mouvement. Le buste penché vers la table de travail, il prit appui sur les bras du fauteuil, se rehaussa et me regarda. Sans un mot, je lui tendis l'œuvre du faussaire. Il prit la carte d'identité, la leva devant la lampe de son bureau et la regarda longtemps en transparence, puis il palpa le papier cartonné avant de me la rendre : « C'est du beau boulot ! »

Seule la qualité de l'impression avait retenu son attention. Le Sancerrois annonça alors que nous pouvions mettre fin à ce trafic grâce à un nommé Békacémi prêt à nous donner tous les noms et les adresses des membres du réseau, fabricants et vendeurs de faux papiers sous réserve que nous lui fournissions une protection.

Le divisionnaire donna son accord et me demanda de garder, précieusement, les échantillons que je venais de lui montrer.

Quelques jours plus tard, je remis à Michel Békacémi le document qu'il avait demandé. Le Manchot respecta son contrat et me donna toutes les informations qu'il connaissait. Je les couchai aussitôt sur un procès-verbal et le transmis au divisionnaire. Cette affaire en resta là. Je ne le savais pas mais j'étais pris dans un piège. Le premier ! Dès lors, des événements se succédèrent. Certains tenaient du hasard, d'autres — et je le sus plus tard — étaient le fruit d'une machination qui visait non seulement à m'écarter définitivement de la police mais aussi à discréditer le fonctionnaire que j'étais.

C'était, en quelque sorte, de la prévention, une série de précautions prises au cas où je briserais le silence et me livrerais, publiquement, à des confidences sur l'assassinat du comte de Châtillon. J'ignorais encore que les hiérarques de la police nationale craignaient un esclandre, qu'ils se réunissaient régulièrement pour évoquer cette foutue affaire et qu'ils mesuraient, ensemble, les risques d'un scandale qui mettrait en cause le président de la République et son ministre de l'Intérieur. Or, j'étais l'un des risques à gommer. Un acte d'autant plus facile à commettre que les sentiments personnels que me vouait le divisionnaire ressemblaient à ceux que portaient les Capulets aux Montaigus.

Si je connaissais l'animosité du divisionnaire, devinais celle des hauts fonctionnaires de la police et présageais, un peu, le mépris du ministre de l'Intérieur, je ne mesurais pas les capacités de nuisance de tous ces personnages. L'ignorance, la naïveté surtout, m'interdisaient d'apprécier les mille possibilités de ces gens liés, depuis des années, par des intérêts communs et dont les multiples relations s'étendaient au-delà des institutions officielles.

Je découvris, bien plus tard, que bon nombre de responsables de la police entretenaient les meilleures relations avec des patrons de sociétés de sécurité et d'investigations privées. Elles n'étaient que des façades derrière lesquelles s'abritaient des officines douteuses, viviers d'hommes de main au service des basses œuvres du ministère de l'Intérieur et de personnalités politiques aux ambitions démesurées. Or, aux yeux des membres de la confraternité policière, j'étais le traître, le félon, celui à qui on ne pardonnait pas d'avoir contesté la version officielle d'un crime. J'étais le renégat qui mettait la pagaille dans une petite communauté de hauts fonctionnaires, caste au service de la protection des petits et grands secrets d'État. Ils avaient mis au point une machine à détruire l'humain. Elle était en ordre de marche. Et mon entretien avec le Manchot avait eu pour effet de la mettre en branle. Je n'imaginais pas — et personne ne le pouvait ! — sa puissance et l'ampleur des dégâts qu'elle allait commettre.

Alimenter la rumeur, provoquer la peur, jeter le discrédit et mélanger ces trois actions au point de les confondre pour qu'elles deviennent une unique force de destruction, tel fut le plan machiavélique mis au point par le divisionnaire. Il l'appliqua avec méthode et le réalisa avec la complicité de quelques anonymes, d'un artificier, de la presse d'extrême droite et du voyou Michel Békacémi.

J'étais trop crédule pour supposer que les choses iraient si loin. Et même si je les avais pressenties ou si j'en avais été averti, il était trop tard. Le compte à rebours avait commencé. J'arrivais à la fin du voyage.

CHAPITRE XXV

Au cours de ces années, j'avais géré la violence et la mort avec une grande indifférence. J'avais, peu à peu, accepté l'idée d'être un humain incomplet, une sorte de corps vide dépourvu de sensibilité. J'avais apprivoisé mes hantises, dominé mes émotions. J'avais appris que le dégoût de soi se maîtrise jusqu'à en oublier sa personnalité.

Aujourd'hui, lorsque je réfléchis à mon comportement d'alors, je suis encore surpris par mon détachement. Je ne réagissais à rien. J'agissais, c'est tout. Je survivais ainsi avec des lambeaux de souvenirs et des morceaux de vie. J'étais si désabusé que rien ne pouvait plus ni me surprendre ni me bouleverser. Je croyais être insensible à tout. J'ignorais encore qu'une telle violence puisse exister et me toucher.

C'était un samedi, peut-être un vendredi, enfin c'était la nuit. Nous fêtions l'anniversaire d'Éric. J'étais presque heureux. J'oubliais la brigade, les ennuis et les menaces qui flottaient au-dessus de ma tête. Je me sentais bien.

Il était tout au plus deux heures lorsque nous avions quitté la discothèque. Éric proposa à trois de ses amis de nous rejoindre chez lui pour boire une dernière bouteille. Ils ne connaissaient pas Paris et cherchèrent longtemps son domicile. Ils y arrivèrent quand tout était fini. Heureusement pour eux !

L'air tiède sentait la ville. L'automobile, vitres baissées, roulait lentement. Détendu, libre de tous soucis, mon esprit s'égarait dans des paysages imaginaires. Nous remontions les rues et les avenues entre d'interminables rangées de voitures. Les carrosseries se confondaient les unes aux autres, devenaient de grosses bulles métalliques de toutes les couleurs qui, lorsque nous passions sous un réverbère, lâchaient des éclairs blancs ou orangés. Tout était féerique. Les toits de Paris semblaient toucher le croissant de lune. Les feuilles des arbres s'agitaient à notre passage, une façon, sans doute, de nous saluer.

À peine arrivé à l'appartement d'Éric, je sortis des verres et plongeai deux bouteilles de champagne dans un seau d'eau glacée. Les amis ne devaient plus tarder. Je m'assis sur le bord du lit pour regarder la télévision. Éric me rejoignit dans la chambre, plaça un disque de Kevin Caze — un chanteur texan — sur le plateau de la chaîne stéréo. Il posa l'aiguille sur le premier sillon de *Dynamite*, une chanson du folklore américain. Et il y eut l'explosion.

La déflagration et le souffle se mêlèrent à une boule de feu. Elle traversa l'habitation et passa au-dessus de nos têtes. Jamais, avant de l'avoir vécu, je n'aurais cru pouvoir remarquer autant de détails en même temps. L'écran de la télévision sortit de son support avant de voler en éclats, le verre des tubes au néon se mélangea aux morceaux de ciment qui tombèrent du plafond, des étincelles jaillirent des prises et des fils électriques ; statuettes, photographies, tableaux, encriers, stylos, livres, disques, cassettes vidéo quittèrent leur place, montèrent dans l'air, prirent de la vitesse et se brisèrent contre les murs.

Mes tympans vibraient, pareils à un gong frappé par une masse. Ma cage thoracique se comprima puis se bloqua le temps que des débris de pierre, de verre et de bois retombent sur le sol. C'était fini. Une flamme haute d'au moins deux mètres jaillissait de la conduite de gaz déchirée. Les fenêtres étaient arrachées, des tiges de fer, squelette métallique du plancher, sortaient du béton éventré.

Je compris, tout de suite, que c'était une bombe. Éric tentait, avec une couverture, d'étouffer le début d'incendie. Je lui criai : « Arrête, arrête, ça ne sert à rien. » Je hurlai qu'il fallait sortir de l'appartement. C'était impossible. Les flammes envahissaient déjà le salon, dévoraient la moquette, les papiers peints, les fauteuils et le canapé et nous empêchaient d'atteindre la porte qui brûlait. Éric et moi étions nus. Le souffle de l'explosion avait déchiré nos vêtements.

L'instinct de survie, la folie peut-être, nous donna le courage de traverser la pièce pour atteindre une fenêtre. Nous nous réfugiâmes sur son rebord. Des curieux se rassemblaient, certains d'entre eux prenaient des photos. Les voisins du dessus, prisonniers du feu, s'affolaient. Au loin, nous entendions les sirènes des pompiers.

Trois ou quatre minutes plus tard, Éric, soutenu par un sauveteur, descendait une échelle. Je le suivis. La quarantaine d'occupants de l'immeuble furent évacués.

À quelques blessures légères près, nous étions sains et saufs. Nous trouvâmes refuge chez un ami commun.

Le sommeil ne vint pas et, à l'heure où la lumière du soleil frise les toits de la ville, je sus que le fil ordinaire du temps était rompu. Maintenant, j'en étais certain, mon existence se partagerait en deux parties : celle qui précédait l'explosion et celle qui la suivait.

Toute la presse titra : « ATTENTAT AU DOMICILE DU PRÉSENTATEUR VEDETTE DE LA TÉLÉVISION ». Sur les premières pages des quotidiens, il y avait l'immeuble sinistré avec sa façade noircie par les flammes, ses pierres éclatées, son toit soufflé. Un cliché montrait la cage d'ascenseur retrouvée à plus de cent mètres du lieu de l'explosion. Les commentateurs s'interrogeaient sur la raison de cet acte criminel revendiqué par un groupe de Libération arabe, une organisation inconnue de tous.

Quelques jours plus tard, j'appris que la charge de

plastic de cinq kilos déposée dans un sac avait été accrochée sur la poignée de la porte d'entrée par un employé d'une société de police privée. Une officine de barbouzes travaillant secrètement pour un service proche du ministère de l'Intérieur.

Ces renseignements m'étaient inutiles puisque je ne pouvais rien prouver. De toute façon, je n'avais ni l'envie ni la force d'affronter ceux qui, dans l'ombre, œuvraient à me détruire. Maintenant, j'en étais certain : je gênais les autorités policières et politiques. Je représentais un danger, et elles avaient choisi de m'éliminer.

La rumeur relaya l'attentat. À tous les étages du quai des Orfèvres, dans tous les services, dans chaque bureau, j'étais le sujet des conversations. On parlait de mes relations « étroites » avec Éric. Et, très vite, je devins « le petit ami de la vedette de la télé ». Cette situation fut officialisée par le directeur de la police judiciaire le jour où il me convoqua. La conversation fut brève. D'un ton fielleux et dominateur, il m'annonça qu'il était impossible de me laisser à la brigade antigang, « un service particulièrement viril ». Stupéfait par sa réflexion, je restai coi quelques secondes puis je commis l'erreur de répliquer : « Monsieur le directeur, je vous entends bien. J'accepte d'être déplacé mais je ne consens pas que ma nouvelle affectation soit une sanction. Si c'était le cas, je révélerais tout ce que je sais à la presse sur l'affaire du comte de Châtillon. »

Le directeur se tut· me regarda au fond des yeux. Il

sourit, me serra la main et ouvrit la porte avant de m'inviter d'un geste de la tête à sortir de son bureau.

Deux jours plus tard, la direction de la police nationale me signifiait une mutation au service d'accueil du commissariat de la Goutte-d'Or, au cœur du XVIIIe arrondissement de Paris. Première étape de ma déchéance.

J'étais anormal. N'importe quel être doué d'un peu de raison se serait, après l'attentat, soucié de la situation et aurait compris que ses détracteurs ne s'arrêteraient pas là. Ils avaient franchi un pas irrémédiable et ils ne pouvaient donc plus prendre le risque de me laisser parler. Je connaissais toute la vérité sur l'assassinat du comte de Châtillon et je la raconterais, peut-être, un jour, à des journalistes, à un juge.

Ce *peut-être* était de trop ! J'avais échappé à l'explosion, étouffé la rumeur et évité, grâce aux interventions d'Éric auprès de la presse, le scandale du flic, du « superflic de l'antigang devenu l'amant d'une vedette de la télé ». Alors, c'était logique, pour contrer d'éventuelles confidences publiques, ils devaient maintenant me discréditer. Il leur fallait fabriquer un homme que je n'étais pas, un être vil qui serait désigné du doigt par la collectivité policière et exposé au pilori de l'infamie publique.

Tout cela était du bon sens mais je n'en possédais pas ou plutôt l'insouciance qui était mienne, le je-m'en-foutisme qui me caractérisait m'empêchait, une fois de plus, de raisonner. J'étais le rescapé d'un attentat. Pour moi, il n'y avait rien de plus normal. Et puis, c'était déjà du passé.

J'étais dans un état mental identique à celui qui, durant toutes ces années, m'avait permis d'occulter les dangers et les horreurs. Seul, le souvenir de ma rencontre avec Boris, le voyant, me préoccupait. Toutes ses phrases ressurgissaient de ma mémoire. J'entendais sa voix avec son accent russe, cette voix qui me disait : « Toâ coulrir gland malheur, tou es dans mauvaise histoâre, toâ dans appaltement en feu mais toâ pas mourir. » Le trouble me saisissait quand je me souvenais des derniers mots prononcés par Boris : « Le nouar plotégera toâ. Polter sur toâ toujours chose noire. Souviens-toâ, nouar te plotégera ! »

Pour les besoins de l'enquête des assureurs nous retournâmes, Éric et moi, dans l'appartement et pûmes mesurer à froid l'ampleur des dégâts. Tout était détruit. L'architecte qui nous accompagnait nous fit savoir que l'immeuble devrait être reconstruit en entier. Parmi les ruines calcinées, nous remarquâmes la seule plaque de béton encore accrochée au plafond. Elle ne s'était pas effondrée. À l'instant de l'explosion j'étais assis dessous. Elle était peinte en noir. Et le bureau qui nous avait protégés du souffle de la bombe était en marbre noir.

CHAPITRE XXVI

Je restai seulement quelques jours au commissariat de la Goutte-d'Or, l'un de ces fameux « cimetières des éléphants », destinés aux fonctionnaires de police à la carrière moribonde. La mauvaise réputation de ce service n'était pas usurpée. Ses locaux crasseux aux murs gris couverts de salpêtre hébergeaient la racaille de la société policière parisienne.

J'y connus un raciste, un militant nazi, cinq alcooliques et un commandant reconnu coupable de proxénétisme par l'administration et qui, blâmé par elle, attendait la retraite.

La vie sociale ne franchissait pas le seuil du commissariat. Le quotidien était difficile à vivre. Il n'était pas rare, avant de s'asseoir à sa table de travail, de devoir chasser, d'un coup de pied, un rat installé sous le bureau. Je découvris alors la plénitude du mot « déprime ».

Par la grâce d'une phrase mal écrite sur une petite feuille blanche, j'arrêtai de travailler. Le médecin m'invitait à me soigner. Je n'en fis rien. Je contestais la réalité de ma dépression puisque mon état n'était qu'un mal honteux, le signe suprême de la faiblesse de mon caractère ! Et, pour me tirer de cette mauvaise passe, je fis appel aux vieux démons qui m'habitaient : la cocaïne pour lutter contre l'apathie, les amphétamines pour me donner un sentiment de force et de puissance. Mais sitôt l'effet des drogues disparu, je descendais un peu plus bas dans le gouffre. Je m'efforçais de résister, d'enrayer la chute. Alors, chaque jour, j'augmentais les doses. Je combattais, comme je le pouvais, la détresse. Je n'eus pas le temps de la vaincre. Ils vinrent me chercher un matin.

Je dormais. Le téléphone sonna. Je décrochai le combiné, entendis une respiration et on raccrocha. Je connaissais cette méthode pour l'avoir pratiquée des centaines de fois. Ce style de coup de fil est destiné à s'assurer que la personne que l'on vient arrêter se trouve chez elle. L'engourdissement m'empêcha de comprendre. Deux minutes plus tard, des flics cognaient à ma porte. Des collègues de la quinzième brigade territoriale de la police judiciaire venaient perquisitionner dans mon appartement. Ils furent sept, dont un commissaire, à pénétrer chez moi. Sans mot dire, ils fouillèrent la cuisine, le salon et la chambre, retournèrent le matelas, examinèrent le conduit de la cheminée, démontèrent l'arrière du réfrigérateur, vidèrent les tiroirs, arrachèrent même la double paroi d'un mur, vidèrent l'armoire et trouvèrent dans le vestibule, posé sur une étagère, un lot de faux papiers. C'était celui que m'avait confié Michel Békacémi. C'était, surtout, celui que le divisionnaire m'avait demandé de « garder précieusement ».

Le patron de la quinzième brigade, un jeune homme tout juste sorti de l'école de police et dont le nom — Poulet — était tout un symbole, jubilait. Il tenait la preuve de ma compromission avec des truands. En quelques secondes, je passai du statut de policier à celui de ripou. Il me mit les menottes et demanda à ses hommes de « passer mon logement au peigne fin ». Silencieux, les poignets entravés dans le dos, j'assistai au saccage de l'appartement. Les officiers soulevèrent les lattes du plancher, déchirèrent, par endroits, le papier peint, dévissèrent les châssis de l'estrade qui me servait de sommier, ôtèrent toutes les photographies des cadres, ouvrirent mes cahiers, mes livres, mes albums, sortirent tous les disques de leur pochette, vidèrent les pots de farine, de confiture et de pâtes dans l'évier.

Dans la cave, ils découvrirent un fusil de chasse à canon scié et saisirent deux des trois clés des coffres-forts dans lesquels je protégeais mes archives. Je frémis à l'idée qu'ils pouvaient, maintenant, récupérer les doubles des documents confidentiels de l'affaire du comte de Châtillon. Mais, dans un instant de lucidité, je me souvins de la cache de la troisième clé. Elle était introuvable.

Je percevais enfin le but de cette perquisition. Les

flics de la quinzième brigade avaient pour mission de récupérer mes dossiers, seules preuves de la compromission de la haute hiérarchie policière dans un assassinat qu'elle n'avait pas empêché. En revanche, j'ignorais encore le motif légal de leur intervention. Or, il en fallait un. J'allais le découvrir.

Avant de claquer la porte, un des officiers (par gentillesse, sans doute) me demanda s'il devait fermer les volets. Je lui répondis que cela n'était pas nécessaire. Nous montâmes en voiture et prîmes la direction de Pantin, siège de la quinzième brigade.

Mes réserves personnelles de cocaïne et d'amphétamines restèrent derrière les volets repliés de l'appartement. Je les cachais à cet endroit.

CHAPITRE XXVII

J'ôtai ma montre, retirai mes lacets de chaussures et ma ceinture de pantalon, vidai mes poches et déposai le tout dans une boîte en carton. Je signai le registre des gardes à vue et le gardien de la paix me poussa dans la cage, claqua la porte et tira les deux verrous. La tête lourde, les coudes posés sur les cuisses, les mains pendantes entre les jambes, je restai ainsi un long moment. Immobile, abasourdi par ce qui m'arrivait, je rassemblai tous mes sens et facultés intellectuelles pour échapper à ce que je croyais être un mauvais rêve. Je reconstituai vaille que vaille les dernières heures. Je renouvelai cet exercice à plusieurs reprises mais, de l'autre côté du grillage, le flic en uniforme restait toujours assis devant moi et lisait le journal du jour.

J'étais la bête curieuse, le collègue, l'ex de l'antigang dont on prétendait qu'il avait basculé dans le camp des truands, le type bizarre qui, dans d'étranges circonstances, avait échappé à un attentat et qui, disait-on, vivait avec un homme. Un homme connu, un saltimbanque de la télé ! La nouvelle de mon arrestation courait déjà tous les services de police de Paris et de sa banlieue. Le premier interrogatoire à peine commencé, des officiers, l'un après l'autre, entrebâillaient la porte du bureau, me regardaient et disparaissaient.

J'imaginais tous ces flics qui, après m'avoir aperçu, se précipitaient sur leur téléphone pour papoter avec leurs copains des autres brigades. Ils disaient sans doute que j'étais dans leurs locaux, décrivaient ma gueule fatiguée, racontaient qu'ils avaient trouvé, chez moi, une arme et des faux papiers, affirmaient que j'étais dans la nasse et inventaient peut-être même d'autres faits.

Derrière sa machine à écrire, le procédurier s'efforçait de capter mon regard pour explorer le fond de mes yeux. Il avait, sans doute, l'espoir d'y déceler de la haine ou de la compassion, les seuls sentiments qu'ont les victimes pour leur bourreau. Il jaugeait aussi ma détermination.

Nous étions ensemble depuis plus de dix minutes et il n'avait rien dit. Peu de policiers aiment interroger l'un des leurs, mais l'homme semblait préoccupé. J'étais flic, lui aussi. Nous nous toisions l'un et l'autre sachant que notre face-à-face durerait quarante-huit heures.

Le « tailleur » avait acquis son expérience à la brigade criminelle. Pendant plus de vingt ans, il y avait affiné son talent et forgé sa réputation. Il enseignait son art dans toutes les écoles de police. Son habileté tenait à l'utilisation subtile des textes de la procédure pénale qu'il connaissait par cœur pour transformer, avant qu'il ne soit présenté au juge, un simple suspect en présumé coupable. « Habiller l'agneau » ou « tailler un costard sur mesure » était, dans la maison poulaga, l'expression consacrée pour définir cette discipline judiciaire.

Il parla enfin : « Excuse-moi mais comprends... je fais mon travail. » Ce préambule, loin de me rassurer, provoqua chez moi une grande inquiétude. Le fusil de chasse à canon scié, les faux papiers ne justifiaient pas un telle précaution oratoire. La phrase du « tailleur » subodorait la cabale.

Je regardai ses mains épaisses. Les articulations noueuses de ses doigts l'obligeaient à cogner les touches en relevant les poignets très haut. Ainsi, ses phalanges trop raides restaient à la verticale du clavier de la machine à écrire. Ce handicap lui donnait l'aspect d'un gros chien assis qui faisait le beau. Le physique du « tailleur » me déplaisait. C'était un homme d'une cinquantaine d'années que les plats en sauce avaient rendu gras. Blond, les cheveux mi-longs coiffés vers l'arrière, une large mèche sur le front, les épaules larges, ce gros poupon au visage laiteux n'occupait pas le fauteuil sur lequel il était assis mais l'encombrait. Les yeux fixés sur le procès-verbal, il inscrivit mon identité et me demanda l'origine de l'arme, ce fameux fusil trouvé chez moi.

Je lui répondis qu'il ne m'appartenait pas, qu'une

personne dont je tairais le nom me l'avait confié pour une expertise balistique.

Le « tailleur » leva les yeux au plafond, hocha la tête et insista :

« Tu gardes ce genre de calibre chez toi pour le faire expertiser ! C'est logique. Tous les flics de France font ça.

— C'est pourtant vrai. Ce fusil a été confisqué à des truands par un homme qui collectionne les armes. Je peux dire qu'il s'agit d'une personne honorable qui n'a jamais eu de mauvaises intentions. Avant de le garder, je devais m'assurer discrètement que l'arme n'avait jamais servi.

— Dis-moi qui c'est. Nous vérifierons. »

Les doigts du « tailleur » passaient d'une touche à l'autre du clavier. Les lettres de plomb s'écrasaient sur la feuille blanche et j'entendais le carbone et le papier pelure se déchirer sous la force de la frappe. Il réitéra sa question. Je ne répondis pas. Il négligeait mes dénégations mais ne s'en contentait pas. Je savais qu'il se servirait du flou de mon explication le moment venu et qu'il en tirerait profit, qu'il en userait lorsque, le ton grave, il me dirait : « Maintenant, passons aux choses sérieuses. » Mais que pouvait-il me reprocher d'autre ? Je sentais bien que le « tailleur » était sûr de lui, qu'il avançait à pas feutrés vers un but bien précis et s'apprêtait à me porter un coup terrible. Il dut estimer qu'il était encore trop tôt pour essayer de me déstabiliser. Il appela le gardien et me fit reconduire dans la cage.

Je ressassais à nouveau les événements. Je vivais une réalité et ne l'admettais pas. Je me persuadais que les drogues m'avaient dérangé le cerveau, que je me déplaçais dans un monde irréel, un ailleurs dont j'étais prisonnier. Je délirais. Oui, c'était cela. Les flics dans mon appartement, la perquisition, les menottes, la garde à vue n'existaient pas. J'avais tout inventé. Je subissais les conséquences de mes troubles mentaux.

Le « tailleur » me sortit de la torpeur. Deux fois, il frappa du poing la grille de la cage et ordonna au flicard de me ramener dans son bureau. À peine étais-je devant lui qu'il dit : « Maintenant, passons aux choses sérieuses. »

D'un air détaché, il me demanda si je maintenais ma première déclaration au sujet de l'arme. Je fis oui d'un signe de tête. « C'est bien », répondit-il. Il parlait et, en même temps, tapait à la machine à écrire.

« Reprenons tes propos de tout à l'heure. Tu as déclaré : "C'est un homme honorable sans intention de nuire qui m'a confié ce fusil." Tu es d'accord ?

— C'est exact.

— L'inconvénient est que nous avons une version différente, ajouta-t-il. Un témoin nous affirme que c'est lui qui t'a fourni cette arme. Tu lui as même confié que tu en avais besoin pour commettre un braquage. »

L'attaque était violente. Ma gorge se serra et je sentis mon corps glisser de la chaise. L'histoire du « tailleur » était inventée. Ce foutu fusil appartenait à un copain, un jeune magistrat qui me l'avait remis pour que je le soumette à la balistique. Il était fou des armes et voulait l'ajouter à sa collection. Troublé par l'accusation, je bégayai une réponse :

« Non, non, non, c'est... c'est pas vrai. Je ne... ne peux pas dire le nom de... de celui qui m'a confié le fusil... mais j'affirme que jamais je n'ai braqué avec.

— Tu nies ?

— Je dis seulement que je ne suis pas un voyou, que je ne gagne pas ma vie avec des attaques à main armée.

— Nous y reviendrons plus tard. Parle-moi un peu des faux papiers ? Mais peut-être vas-tu me dire encore qu'ils ne sont pas à toi, que quelqu'un te les a confiés ? »

Le « tailleur » était habile. Il prenait peu de risques en supposant ma réponse identique à celle que je lui avais faite sur l'origine de l'arme. Il était évident que je m'étais procuré ces faux par l'intermédiaire d'un truand ou d'un individu qui appartenait au milieu des imprimeries clandestines. Or, si je lui disais que, effectivement, j'en étais le détenteur mais qu'ils ne m'appartenaient pas, je confortais, à ses yeux, ma position de suspect. Et le « tailleur » le savait.

Mais, cette fois, mon for intérieur était tranquille. D'emblée, je lui révélai la provenance des cartes d'identité et de séjour, du permis de conduire et de la carte grise. Je précisai qu'il s'agissait d'une affaire de police en cours, que mon ancien patron, le divisionnaire, était au courant, et que ces documents m'avaient été remis, au titre d'échantillon, par un indicateur.

Le visage réjoui, le procédurier sourit. Son expression satisfaite me parut louche. Je cherchai à comprendre le coup tordu qu'il préparait. Tout en me disant qu'il ferait vérifier mes dires, il se leva et me reconduisit dans la cage. J'y restai deux heures environ.

Je sus, tout de suite, que la partie était jouée. Je l'avais perdue.

Assis, à droite de la pièce, Michel Békacémi, dit le Manchot, baissa les yeux quand j'entrai dans le bureau du « tailleur ». Ce salopard d'indic avait négocié un marché. Lequel ? Je ne l'ai jamais su, mais il avait accepté de témoigner contre moi. Le divisionnaire le lui avait demandé. Cela était certain.

Mon ancien patron, l'homme à qui je m'étais heurté, celui que j'accusais encore de complicité passive dans l'assassinat du comte de Châtillon, tenait sa revanche. J'avais mésestimé sa rancœur, son entêtement, et surtout sa capacité de nuisance, sa force et son pouvoir à détruire quiconque se mettait en travers de son chemin. Il avait tout pensé, utilisé l'histoire des faux papiers et récupéré la découverte du fusil.

Je ne doutais pas que la leçon bientôt récitée par le Manchot serait celle que lui avait apprise le divisionnaire. L'intrigue — de la belle ouvrage — était bien celle d'un flic. Sa conception était si parfaite qu'elle ne nécessitait même pas d'autres complicités policières. Le secret était partagé entre un voyou et un commissaire divisionnaire. Les flics venus m'arrêter, le « tailleur » qui m'interrogeait ignoraient tous que cette affaire avait été montée dans l'ombre. J'en étais convaincu. Ils agissaient en toute bonne foi, persuadés que j'étais un corrompu, un ripou.

La confrontation fut sans surprise. Michel Békacémi confirma m'avoir fourni les faux papiers, des échantillons, pour me convaincre du bon travail des faussaires. Un boulot clandestin qui rapportait beaucoup d'argent, un trafic que je devais protéger durant les transactions. Quant au fusil, il déclara m'avoir donné amicalement cette arme lorsque je lui avais confessé avoir des ennuis financiers. C'était même lui qui m'avait parlé du comptable. Un employé qui, chaque soir, en voiture, transportait la caisse d'un grand magasin de bricolage.

Il indiqua au « tailleur » que cette entreprise se situait dans la zone artisanale d'un centre commercial de la banlieue est de Paris. Et pour donner du crédit à ses dires, il précisa qu'il ne pouvait pas affirmer si c'était moi qui avais commis le hold-up. Il avait seulement remarqué, ajouta-t-il, qu'après m'avoir donné le fusil, je ne parlais plus de mes problèmes d'argent.

Le Manchot signa ses déclarations. Les mensonges étayaient les faits. Il m'était impossible de réfuter les évidences : le fusil existait, les faux papiers aussi. Ils manquaient juste des mots pour en faire les indices de la culpabilité. Békacémi les avaient prononcés, le « tailleur » les avaient transcrits sur un procès-verbal. Dès lors, l'ignominie prit la forme d'un acte de justice au service de l'accusation.

Michel Békacémi se tenait à moins d'un pas. J'aurais pu me lever, me précipiter les mains en avant, prendre sa gorge et la serrer ou saisir le coupe-papier posé sur le bureau du procédurier et le lui enfoncer dans la poitrine. L'idée me vint de le tuer mais, sitôt née, elle disparut. Est-ce l'apathie, la lâcheté ou la lucité qui m'empêchèrent de commettre ce crime ? Le « tailleur » ne me donna pas le temps d'y réfléchir. Il me renvoya dans la cage.

Les heures qui suivirent cet épisode furent consacrées aux questions de fond. Le « tailleur » et d'autres flics se relayèrent pour m'interroger. Tous étaient certains de ma participation au braquage. Parfois ensemble, ils combinaient leurs ruses, leurs efforts, leur colère aussi pour m'arracher des aveux. Je me réfugiai dans le silence avec pour seul objectif de repousser leurs assauts jusqu'à la dernière minute de la garde à vue.

Au Palais de justice, on m'enferma dans une cellule. J'y attendis deux heures puis des gendarmes vinrent me chercher. Ils me conduisirent dans le bureau du juge d'instruction. Ce fut rapide. Le magistrat me signifia les inculpations d'attaque à main armée, de prise d'otages, de détention d'arme et de faux papiers et signa le mandat de dépôt.

CHAPITRE XXVIII

Neuf années étaient passées depuis mon entrée dans la police. Lorsque les portes du fourgon cellulaire se sont ouvertes sur le mur gris, j'ai su, de suite, que tout s'arrêtait ici. J'eus alors le sentiment que le temps s'immobilisait. Je n'avais plus ni présent ni avenir. Mon exploration des mondes interdits finissait devant des pierres, une façade de moellons aux joints cimentés. Je levai la tête et lus sur le fronton de l'édifice : LIBERTÉ ÉGALITÉ FRATERNITÉ.

Des hommes en uniforme bleu m'attendaient. L'un d'eux ouvrit avec une grosse clé la serrure du portail, appuya l'épaule sur l'un des battants puis, le corps incliné vers l'avant, le poussa des deux bras. J'entrai dans l'univers carcéral.

Un matin, après la distribution du café et du pain, le directeur de la prison me rendit visite. Il me parla avec une voix presque douce et m'annonça la nouvelle. J'étais transféré dans le quartier de haute sécurité. Il s'excusa presque, avant de me quitter, de ne pas pouvoir me dire les raisons de cette mesure.

Quelques minutes plus tard, sept surveillants, des pistolets-mitrailleurs en main, entrèrent dans la cellule. Je remarquai que la première cartouche des chargeurs était engagée dans la culasse des armes. Un maton s'avança vers moi et ouvrit des anneaux de fer en deux pour les refermer sur mes poignets et mes chevilles. Il relia le tout avec une longue et lourde chaîne. Il enfila ensuite dans les maillons deux cadenas et les verrouilla. J'étais entravé. Un maton m'ordonna de marcher. Empêtré, je traînai les pieds, avançai à petits pas. Lentement, je passai les coursives, remontai le couloir, traversai la cour intérieure et rejoignis la grande bâtisse au toit de tuiles rouges qui abritait les geôles de haute sécurité. J'y restai cinq mois.

Isolé, placé au secret, je n'avais pas le droit de lire les journaux ou d'écouter la radio. J'ignorais donc ce qui se passait.

Je le découvris le jour où le juge d'instruction me convoqua, deux semaines après mon arrivée en prison.

Sur la porte capitonnée du cabinet d'instruction, il y avait une plaque de cuivre marquée de son nom : J. Moinaux-Courteline. La situation ne portait pas aux mondanités, moins encore à la rigolade, mais j'éprouvai de la curiosité et ressentis une fierté amusée d'avoir un tête-à-tête avec le petit-fils d'un auteur célèbre.

Je remarquai d'abord son visage. Lisse, sans rides. Les cheveux ondulés, coiffés vers l'arrière, dégageaient un front haut et bombé. Les montures dorées des lunettes légèrement cintrées atténuaient la raideur noire des sourcils. Les lèvres un peu épaisses, la rondeur du menton et les pommettes presque effacées accentuaient l'apparence sereine de ce jeune magistrat. Il se leva du fauteuil, vint vers moi, me tendit la main. Ce geste ordinaire me troubla. Personne, depuis mon arrestation, ne m'avait serré la main.

Le juge me fit asseoir, s'installa derrière son bureau. Il sortit d'un tiroir un gros dossier, l'ouvrit, en tira une chemise cartonnée et me la tendit. C'était des coupures de journaux relatant mon interpellation. Il y avait, entre autres, les copies de deux numéros de *L'Instant national*, un hebdomadaire d'extrême droite. À la « une », sur cinq colonnes, mon nom s'étalait sous le titre : « UN POLICIER DE L'ANTIGANG COMPLICE DE L'ENNEMI PUBLIC NUMÉRO UN ».

Le papier était une longue suite de mensonges. Je menais, selon les émules de *Je suis partout*, un train de vie de milliardaire, roulais en Rolls, habitais avenue Foch et possédais plusieurs appartements. Le journaliste, à défaut de style, diffamait à merveille. Le plumitif employait les mots « juif », « homosexuel », « franc-maçon » pour situer mes relations, dire mes convictions et révéler mes fréquentations. Il disait encore que, depuis des mois, je renseignais Jacques Merugia, l'homme le plus recherché de France, et qu'il n'était donc pas étonnant que l'ennemi public échappe à la police.

Je lus l'article jusqu'à la dernière phrase et remarquai que, sous un fatras d'abjections, il y avait pourtant des informations exactes. Elles concernaient toutes des copains et des amis inscrits dans mon carnet d'adresses personnel. Or, ce calepin avait été saisi et seul un policier avait pu le montrer au journaliste qui en avait fait ses choux gras.

Il citait aussi quelques noms de personnalités connues pour leur engagement politique ou philosophique. Il les utilisait pour étayer, selon la méthode de l'amalgame, la thèse qu'il développait, c'est-à-dire — et il l'écrivait — « que le policier corrompu était peut-être un agitateur politique infiltré au sein d'une grande institution. Il se servait, pour tromper son monde, de ses réseaux de connaissances appartenant aux milieux intellectuels subversifs des lettres et du spectacle tous, ajoutait-il, proches de la gauche et de l'extrême gauche, voire d'organisations terroristes ». Ainsi, en quelques lignes, j'étais devenu un militant politique fourvoyé dans la truanderie dont le but était de déstabiliser la police.

C'était ridicule ! *A priori*, cela n'avait pas de sens. Cependant, ces pages infâmes contribuaient non seulement à dénigrer le flic que j'étais encore mais discréditaient, par avance, toutes mes éventuelles déclarations sur l'assassinat du comte de Châtillon. Cela finalisait en quelque sorte l'œuvre machiavélique du divisionnaire. Il était le seul à avoir pu ourdir une telle machination. J'en eus, plus tard, la confirmation. Grâce à la complicité d'un pseudo-journaliste, il tenait sa vengeance et touchait deux fois sa cible. Il me transformait en témoin de peccadille et me hissait au rang de complice d'un voyou dangereux dont l'administration pénitentiaire se méfiait.

Je rendis au juge les articles de journaux. Il me demanda mes observations. Je réfutai ce qui était écrit, affirmai que je n'avais jamais rencontré le fameux Jacques Merugia et lui confiai mon mépris pour l'article et son auteur. Je fus surpris par la réaction du magistrat. Loin d'exiger des réponses plus précises sur les accusations de l'hebdomadaire, il murmura une phrase dont la fin était « je comprends » puis il m'interrogea sur l'arme et le hold-up.

L'instruction judiciaire dura cinq mois. Cinq mois durant lesquels celui qui avait juré ma perte usa de tous les moyens dont il disposait pour enrayer, par avance, un retournement de situation. Le divisionnaire craignait que je puisse fournir au juge les documents estampillés « confidentiels » qu'il savait à l'abri dans des banques. Pire, il paniquait à l'idée de lire l'un d'entre eux en première page d'un quotidien. Piètre revanche, je me plaisais à imaginer son angoisse, tandis qu'il s'évertuait à trouver au juge de nouvelles raisons pour me garder en détention préventive. Quelques-uns de ses fidèles cherchaient où j'avais dissimulé les dossiers compromettants.

Les sbires du divisionnaire épluchèrent mes cahiers, mes notes et mes carnets. Ils s'intéressaient au plus petit détail qui, espéraient-ils, indiquerait un code ou un pseudonyme, examinaient mes comptes pour y dénicher une écriture comptable égale au prix d'un abonnement de coffre bancaire, pointaient et vérifiaient les identités, les adresses de mes relations, convoquaient toutes les personnes susceptibles de me servir de prête-noms. Leur labeur dura plusieurs semaines. De son côté, le juge Moinaux-Courteline travaillait vite. Trop vite ! L'instruction judiciaire approchait de sa fin. Ma mise en liberté était inéluctable d'ici quelques jours.

CHAPITRE XXIX

L'enquête du juge démontra que je n'étais pas compromis dans l'attaque à main armée. Au sujet du fusil à canon scié et de sa provenance, je savais que mon silence me conduisait tout droit au tribunal. Mais je l'assumais. Quant aux faux papiers, le divisionnaire affirma, sous serment, que jamais il ne m'avait demandé de m'en procurer un échantillon, ni de le garder puisque jamais je ne l'avais averti d'un trafic. Faute de pouvoir démontrer le mensonge de mon ancien patron, j'empruntais, là encore, le chemin de la correctionnelle.

À l'avance, je me moquais des foudres de la justice. Ce n'était plus important. Le moral brisé, ma détention devenait de plus en plus pénible. Je ne vivais qu'avec une seule idée : être libre. Libre le plus vite possible ! Je voulais fuir, m'éloigner de la grande ville, oublier ces gouffres qu'autrefois je rêvais d'explorer, effacer de ma mémoire les douleurs de ces dernières années, renier les folies que j'avais tant désirées et aimées, retrouver les choses simples de la vie.

Je songeais à tout cela lorsque le maton ouvrit la porte de la cellule et cria : « Extraction ! » La voix du surveillant avait été si forte qu'elle m'avait fait sursauter et j'en avais renversé le bol de café. En prison, on ne disait pas les mots, on les hurlait. Je le remarquai pour la première fois et notai que beaucoup d'entre eux n'étaient que des suites phonétiques violentes, des syllabes agressives : extraction ! contrôle ! ferm'ture ! fouille ! mitard !

Je sortis de la cellule. Des matons me fouillèrent, des policiers en tenue me passèrent les menottes et me conduisirent jusqu'au fourgon cellulaire. Je connaissais maintenant la gestuelle du taulard. À bord du véhicule, je présentai mes poignets. Un homme de l'escorte me retira une des pinces et l'accrocha, devant moi, à l'anneau fixé sur la plaque de métal, cloison de séparation des minuscules cellules sans fenêtre. Il claqua la porte, tourna la clé dans la serrure.

J'étais dans l'obscurité totale. J'entendis le bruit du moteur, ressentis la première secousse de la camionnette. Nous roulâmes environ trente minutes, le temps du trajet qui séparait la prison du Palais de justice. Je comptais à voix haute et lorsque j'arrivais au nombre deux cents, je savais que le kilomètre parcouru me rapprochait de la libération. J'oubliais le rituel avilissant de la détention et étais presque joyeux de vivre ma dernière rencontre avec le magistrat. Bientôt le juge me signifierait son ordonnance de non-lieu. Enfin, je l'espérais. Mais le divisionnaire n'avait pas encore mis la main sur les documents et voulait gagner du temps.

J'entrai dans le cabinet d'instruction. Monsieur Moinaux-Courteline ne dérogea pas à son habitude, il m'accueillit avec courtoisie mais me demanda de rester debout. « Pouvez-vous, s'il vous plaît, vous tenir dans le fond de la pièce. Nous procédons, aujourd'hui, à une nouvelle confrontation. »

Sans comprendre, je m'exécutai. Je collai le dos contre le mur et ne bougeai plus. Un homme entra dans le bureau du juge. Il fit quelques pas et se planta devant moi. Je ne savais que faire. Devais-je dire : « Bonjour monsieur », me taire, le regarder au fond des yeux ? L'inconnu me dévisageait. Il promena son regard sur mes cheveux, mon front, mon nez, ma bouche, mes mains, mes jambes, mes pieds et finit par le fixer sur mon visage. Il recula d'un pas. Le juge m'invita à marcher.

Je compris alors que l'homme cherchait à me confondre avec celui qui, sans doute, l'avait volé, agressé. J'étais une fois de plus un suspect. La situation était insupportable. Mon cœur s'emballa et cogna les os de ma poitrine, projeta le sang avec une telle force que les veines du cou, devenues trop étroites, semblèrent prêtes à exploser. La tête me tournait, mes jambes se dérobaient. Des larmes inondaient ma gorge. J'étouffais.

Personne ne prononça un mot. Les gardiens de la

paix me ramenèrent dans le sous-sol du Palais de justice et m'enfermèrent dans une cellule.

Effondré, assis sur le banc de ciment, je sanglotais. Ma tête était trop lourde et s'échappait, sans cesse, de mes mains mouillées. Je pensais que l'inconnu rencontré dans le cabinet du juge était une victime, un banquier. En ce moment, il m'accusait. Je l'entendais dire : « C'est bien lui, je ne me trompe pas. » Sûr ! Il connaissait le divisionnaire et ce dernier lui avait demandé de me reconnaître. Un secret devait les lier. Peut-être que le banquier avait, un jour, commis une indélicatesse couverte par le divisionnaire et aujourd'hui, il n'avait pas le choix, il s'exécutait. Maintenant, il me tenait. J'étais vaincu. C'était fini. Je ne pouvais ni lutter contre ce nouveau témoin ni démontrer sa complicité avec mon ancien patron.

Le courage me quittait ou je le fuyais, décidé à ne plus me battre. Je ne voulais pas retourner en prison là où les jours ne passent pas mais se répètent, identiques, les uns à la suite des autres pour se perdre dans le temps.

Je ne supportais plus les ampoules allumées vingt-quatre heures sur vingt-quatre. Le jour, mes yeux fixaient la lumière électrique qui, dès le crépuscule, brillait plus fort et interdisait à la nuit de s'installer.

Ce soir, après l'extinction des feux, dans le silence de la cellule de haute sécurité, je me donnerais la mort. J'imaginais la fin de mon histoire et songeais à tout cela lorsque la porte s'ouvrit.

Un jeune officier, chargé de la garde des détenus du Palais de justice, s'avança, ôta son képi, s'assit près de moi. Il posa une main sur mon épaule. Il parlait lentement. D'une voix très douce, il s'inquiéta de mon état et m'offrit un mouchoir en papier. Je m'essuyai les yeux et le regardai. Il me sourit. Je pleurais encore.

Il me prit dans ses bras et me pressa de dire ce qui n'allait pas. Il me restait un peu d'instinct. Je fis confiance à ce flic inconnu. J'inspirai profondément comme si tout ce que j'allais raconter méritait d'être évacué d'un seul souffle et commençai le récit des mois passés. Nous parlâmes ensemble une heure, peut-être plus. Il m'écouta puis nous restâmes un instant silencieux.

Il se leva en disant : « Je réfléchis à ce que je peux faire. » Il sortit de la cellule mais ne referma pas la porte. Déjà, je regrettai mes confidences et me convainquis qu'il avait profité de mon désarroi pour obtenir... Mais que pouvait-il obtenir ? Rien que du désespoir et cela n'avait d'intérêt pour personne.

L'officier revint. D'un signe de la main, il m'invita à le suivre. Après quelques pas, il m'indiqua un téléphone. Le combiné pendait le long du mur. C'était ridicule mais j'étais perturbé. Je n'avais pas saisi d'appareil depuis cinq mois. J'étais pareil à un enfant qui, pour la première fois, met l'oreille à un écouteur. J'entendis la voix du juge Moinaux-Courteline.

« Vous parler dans ces circonstances m'est interdit Mais il paraît que vous craquez ?

— C'est la confrontation, celle de tout à l'heure..

— Rassurez-vous, elle s'est bien déroulée. Le banquier ne vous reconnaît pas. La police me l'avait envoyé. Elle en fait beaucoup... cette police ! Je signe l'ordonnance de non-lieu. Dans un jour ou deux vous serez libre. Bon courage. Je vous laisse. »

Le jeune officier chercha mon regard et le trouva. Je souris, lui aussi. Nous nous regardâmes longtemps. Le policier regagna son bureau et moi ma cellule. Avant de nous séparer, j'eus le temps de lui dire : « Monsieur, je me souviendrai toujours de vous. »

CHAPITRE XXX

Personne ne savait que j'étais libéré.

Je marchais, les bras alourdis par deux cartons contenant mes effets personnels. Les cordes coupaient mes mains. Un taxi me dépassa puis s'arrêta. Le chauffeur fit une marche arrière et se plaça à mon côté. Par la vitre, il me demanda où j'allais.

« À la gare du Nord, répondis-je.

— Eh bien, monte !

— Je n'ai pas d'argent ! »

J'étais surpris par le ton familier de l'homme au volant. Il me tutoyait et semblait s'amuser de mon embarras. Les paquets, trop lourds, me gênaient et je les posais tous les cinq pas.

« T'as une drôle d'allure. Tu sors de ce machin ? »

Le taxi, d'un mouvement de tête, me désigna la maison d'arrêt.

« Oui, à l'instant, répondis-je, penaud.

— Alors, grimpe. J'suis un ancien taulard. Je t'emmène, le voyage est gratos. »

Arrivé à la gare, le chauffeur m'accompagna au guichet, acheta un billet de train, glissa cent francs dans la poche de ma veste et disparut.

Au petit matin, je frappai à la porte de chez mes parents avec une impression bizarre. Il y avait presque dix ans, je me tenais au même endroit, sur le seuil de l'appartement. C'était le jour où je quittais la maison familiale pour Paris. Je disais au revoir mais je pensais adieu. Et voilà, j'étais revenu. Je me tenais là, debout, devant mon père qui m'accueillait.

Je posai mes bagages sur le lit de ma chambre d'enfant. Une fois encore, je vivais l'illusion du temps. L'ours en peluche, la voiture de pompiers cabossée, les livres de la comtesse de Ségur, le vieux poste transistor, les doubles rideaux à fleurs et tous les objets familiers me firent croire, un instant, que les années n'avaient pas passé.

Deux semaines plus tard, je regagnai Paris et me réfugiai dans la maison d'une amie. La vie recommençait. Je l'espérais tranquille. Elle fut agitée. La presse avait appris, par un mystérieux coup de téléphone anonyme, ma libération. Seul témoin niant la version officielle de l'assassinat du comte de Châtillon, je n'échappais pas à la curiosité des journalistes. Ils me sollicitaient pour des interviews. Je les refusais d'abord, les acceptais ensuite. La première d'entre elles déclencha les foudres de la direction de la police judiciaire qui, par la voix d'un de ses hauts responsables, se crut obligée de publier un communiqué.

La « grande maison » contestait mes propos. Dès

lors, la polémique était née et l'affaire prit vite l'allure d'un scandale. Celui-ci éclata vraiment lorsque les journaux publièrent des documents confidentiels qui prouvaient la complicité passive policière.

Ces premières pièces officielles, reproduites dans un hebdomadaire, en fac-similé, ne faisaient pas partie de celles que j'avais cachées dans mes coffres de banque. Je fus surpris par ces révélations. Ce coup de tonnerre ébranla le quai des Orfèvres.

L'opposition politique reprit la balle au bond, dénonça une « affaire d'État », demanda la démission du ministre de l'Intérieur, exigea une réorganisation de la police, des parlementaires créèrent une commission d'enquête. La justice déclencha une procédure et le ministre de l'Intérieur échappa de peu à la Haute Cour de justice.

Cette agitation me tranquillisa. Les révélations publiques et la polémique avaient édifié, entre la haute hiérarchie policière et moi, un bouclier protecteur.

Des mois durant, les révélations se succédèrent au rythme des publications des quotidiens et des hebdomadaires. Puis, peu à peu, la vérité s'engloutit dans le flot des nouvelles du monde et disparut des colonnes des journaux.

Plus tard, beaucoup plus tard, avec le temps, mon vieux compagnon, je m'échappai de l'univers des ombres, ce monde que j'avais tant désiré connaître. Je laissai derrière moi un fatras de mauvais souvenirs, pris un autre chemin et parvins à me pardonner. Je pus alors redécouvrir la beauté des choses, des gens et de la vie, tout simplement. Je repris mes habitudes et, un jour...

C'était un matin aux environs de sept heures. Du haut de la butte Montmartre, je contemplais la ville. La brume frisait un peu les toits, la circulation automobile commençait son brouhaha. D'où je me tenais, je percevais les klaxons, les ronflements des moteurs des voitures, les grincements aigus des freins de camions, j'entendais les voix des commerçants du marché qui installaient les étalages, j'observais les moineaux qui, d'un coup d'aile, basculaient dans l'air avant de se baigner dans l'eau du ruisseau. J'aimais cet endroit et son spectacle ordinaire.

Je regardai ma montre. Il était maintenant huit heures. Je regagnai ma voiture garée sur le boulevard du bas, vers Pigalle. Je marchais sur le trottoir et, à quelques mètres de mon automobile, je vis deux hommes sous un porche d'immeuble. L'un d'eux se dirigea vers moi, sortit un revolver du dessous de sa veste. J'entendis le coup de feu. Il tira une seule fois...

ÉPILOGUE

J'étais convaincu que le tireur n'avait pas voulu m'atteindre. Un tueur déterminé assure toujours son acte par un second coup de feu et ce n'était pas le cas. On avait seulement voulu m'intimider. Le divisionnaire, déjà déstabilisé par de récentes révélations, craignait-il mes confessions publiques ? Avait-il suggéré à un de ses fidèles de tenter le tout pour le tout ? Je ne le sus jamais. Mais, quelques jours après cette agression, une série d'événements me le laissa penser.

Un matin, je constatai que les portes de ma voiture avaient été ouvertes et ses quatre pneus crevés. J'appris que deux hommes, des inconnus, étaient venus plusieurs fois demander à la concierge de mon immeuble si je recevais du courrier à cette adresse.

Je fus aussi suivi dans la rue durant plusieurs jours. Les filatures étaient si grossières qu'il m'était impossible de ne pas les remarquer. Tout cela ressemblait fort à de la pression psychologique. Mais mon existence avait changé et je m'en accommodais. Depuis quelques jours, j'étais entré dans un journal, un quotidien. Mon premier article avait été, évidemment, consacré à l'assassinat du comte de Châtillon. Pour la première fois, je contestai publiquement la version officielle. Du coup, des députés avaient interrogé le ministre de l'Intérieur sur la véracité des faits. Hors de lui, il répondit à la tribune de l'Assemblée nationale : « Entre cet homme et le gouvernement, j'ai choisi de croire le gouvernement ! »

Quelques jours plus tard, par l'intermédiaire de ses relations, il fit savoir au président de la commission professionnelle des journalistes « qu'il ne souhaitait pas me voir obtenir la carte de presse ». Ma première demande fut ainsi rejetée. Je fis appel.

Le jour de ma comparution devant les membres de la commission supérieure, je me présentai à eux muni d'un document paraphé par plus de cent personnes. Parmi les signataires, il y avait, en ma faveur, plusieurs directeurs de journaux. C'était une pétition dans laquelle des hommes et des femmes de presse s'engageaient à rendre leur carte professionnelle si on ne m'en attribuait pas une. Du coup, je l'obtins, cette fameuse carte ! L'acharnement ne s'arrêta pas là. À court d'arguments, démuni désormais de tous moyens d'intimidation, le président de la République sortit de sa réserve. Il téléphona à mon patron et lui demanda, purement et simplement, de me licencier. La réponse fut sans appel : « Je choisis mes collaborateurs, monsieur le président ! »

J'étais redevenu libre.

Le procès de l'assassin et de ses complices eut lieu quatre années plus tard. J'y témoignai. Je maintins mes accusations. Les hiérarques de la police firent bloc et, au nom du sacro-saint esprit de corps, nièrent les évidences au grand dam du président de la cour d'assises qui dénonça « un Watergate français ».

Les choses rentrèrent dans l'ordre le jour du verdict. Les accusés furent condamnés à de lourdes peines de prison. Le divisionnaire eut une promotion et reçut une nouvelle décoration.

COLLECTION FOLIO

Dernières parutions

3386.	Hector Bianciotti	*Ce que la nuit raconte au jour.*
3387.	Chrystine Brouillet	*Les neuf vies d'Edward.*
3388.	Louis Calaferte	*Requiem des innocents.*
3389.	Jonathan Coe	*La Maison du sommeil.*
3390.	Camille Laurens	*Les travaux d'Hercule.*
3391.	Naguib Mahfouz	*Akhénaton le renégat.*
3392.	Cees Nooteboom	*L'histoire suivante.*
3393.	Arto Paasilinna	*La cavale du géomètre.*
3394.	Jean-Christophe Rufin	*Sauver Ispahan.*
3395.	Marie de France	*Lais.*
3396.	Chrétien de Troyes	*Yvain ou le Chevalier au Lion.*
3397.	Jules Vallès	*L'Enfant.*
3398.	Marivaux	*L'Île des Esclaves.*
3399.	R.L. Stevenson	*L'Île au trésor.*
3400.	Philippe Carles et Jean-Louis Comolli	*Free jazz, Black power.*
3401.	Frédéric Beigbeder	*Nouvelles sous ecstasy.*
3402.	Mehdi Charef	*La maison d'Alexina.*
3403.	Laurence Cossé	*La femme du premier ministre.*
3404.	Jeanne Cressanges	*Le luthier de Mirecourt.*
3405.	Pierrette Fleutiaux	*L'expédition.*
3406.	Gilles Leroy	*Machines à sous.*
3407.	Pierre Magnan	*Un grison d'Arcadie.*
3408.	Patrick Modiano	*Des inconnues.*
3409.	Cees Nooteboom	*Le chant de l'être et du paraître.*
3410.	Cees Nooteboom	*Mokusei !*
3411.	Jean-Marie Rouart	*Bernis le cardinal des plaisirs.*
3412.	Julie Wolkenstein	*Juliette ou la paresseuse.*
3413.	Geoffrey Chaucer	*Les Contes de Canterbury.*
3414.	Collectif	*La Querelle des Anciens et des Modernes.*
3415.	Marie Nimier	*Sirène.*
3416.	Corneille	*L'Illusion Comique.*
3417.	Laure Adler	*Marguerite Duras.*

3418. Clélie Aster	*O.D.C.*
3419. Jacques Bellefroid	*Le réel est un crime parfait, Monsieur Black.*
3420. Elvire de Brissac	*Au diable.*
3421. Chantal Delsol	*Quatre.*
3422. Tristan Egolf	*Le seigneur des porcheries.*
3423. Witold Gombrowicz	*Théâtre.*
3424. Roger Grenier	*Les larmes d'Ulysse.*
3425. Pierre Hebey	*Une seule femme.*
3426. Gérard Oberlé	*Nil rouge.*
3427. Kenzaburô Ôé	*Le jeu du siècle.*
3428. Orhan Pamuk	*La vie nouvelle.*
3429. Marc Petit	*Architecte des glaces.*
3430. George Steiner	*Errata.*
3431. Michel Tournier	*Célébrations.*
3432. Abélard et Héloïse	*Correspondances.*
3433. Charles Baudelaire	*Correspondance.*
3434. Daniel Pennac	*Aux fruits de la passion.*
3435. Béroul	*Tristan et Yseut.*
3436. Christian Bobin	*Geai.*
3437. Alphone Boudard	*Chère visiteuse.*
3438. Jerome Charyn	*Mort d'un roi du tango.*
3439. Pietro Citati	*La lumière de la nuit.*
3440. Shûsaku Endô	*Une femme nommée Shizu.*
3441. Frédéric. H. Fajardie	*Quadrige.*
3442. Alain Finkielkraut	*L'ingratitude.* Conversation sur notre temps
3443. Régis Jauffret	*Clémence Picot.*
3444. Pascale Kramer	*Onze ans plus tard.*
3445. Camille Laurens	*L'Avenir.*
3446. Alina Reyes	*Moha m'aime.*
3447. Jacques Tournier	*Des persiennes vert perroquet.*
3448. Anonyme	*Pyrame et Thisbé, Narcisse, Philomena.*
3449. Marcel Aymé	*Enjambées*
3450. Patrick Lapeyre	*Sissy, c'est moi*
3451. Emmanuel Moses	*Papernik*
3452. Jacques Sternberg	*Le cœur froid*
3453. Gérard Corbiau	*Le Roi danse*
3455. Pierre Assouline	*Cartier-Bresson (L'œil du siècle)*

3456. Marie Darrieussecq — *Le mal de mer*
3457. Jean-Paul Enthoven — *Les enfants de Saturne*
3458. Bossuet — *Sermons. Le Carême du Louvre.*
3459. Philippe Labro — *Manuella*
3460. J.M.G. Le Clézio — *Hasard* suivi de *Angoli Mala*
3461. Joëlle Miquel — *Mal-aimés*
3462. Pierre Pelot — *Debout dans le ventre blanc du silence*
3463. J.-B. Pontalis — *L'enfant des limbes*
3464. Jean-Noël Schifano — *La danse des ardents*
3465. Bruno Tessarech — *La machine à écrire*
3466. Sophie de Vilmorin — *Aimer encore*
3467. Hésiode — *Théogonie* et autres poèmes
3468. Jacques Bellefroid — *Les étoiles filantes*
3469. Tonino Benacquista — *Tout à l'ego*
3470. Philippe Delerm — *Mister Mouse*
3471. Gérard Delteil — *Bugs*
3472. Benoît Duteurtre — *Drôle de temps*
3473. Philippe Le Guillou — *Les sept noms du peintre*
3474. Alice Massat — *Le Ministère de l'intérieur*
3475. Jean d'Ormesson — *Le rapport Gabriel*
3476. Postel & Duchâtel — *Pandore et l'ouvre-boîte*
3477. Gilbert Sinoué — *L'enfant de Bruges*
3478. Driss Chraïbi — *Vu, lu, entendu*
3479. Hitonari Tsuji — *Le Bouddha blanc*
3480. Denis Diderot — *Les Deux amis de Bourbonne* (à paraître)
3481. Daniel Boulanger — *Le miroitier*
3482. Nicolas Bréhal — *Le sens de la nuit*
3483. Michel del Castillo — *Colette, une certaine France*
3484. Michèle Desbordes — *La demande*
3485. Joël Egloff — «*Edmond Ganglion & fils*»
3486. Françoise Giroud — *Portraits sans retouches (1945-1955)*
3487. Jean-Marie Laclavetine — *Première ligne*
3488. Patrick O'Brian — *Pablo Ruiz Picasso*
3489. Ludmila Oulitskaïa — *De joyeuses funérailles*
3490. Pierre Pelot — *La piste du Dakota*
3491. Nathalie Rheims — *L'un pour l'autre*
3492 Jean-Christophe Rufin — *Asmara et les causes perdues*

Composition Bussière
et impression Bussière Camedan Imprimeries
à Saint-Amand (Cher), le 7 juin 2001.
Dépôt légal : juin 2001.
Numéro d'imprimeur : 11792-011488/1.
ISBN 2-07-041462-0./Imprimé en France.